Katarina Botsky

Der Trinker

Roman

Katarina Botsky: Der Trinker. Roman

Erstdruck: München, Langen, 1911

Neuausgabe
Herausgegeben von Karl-Maria Guth
Berlin 2020

Der Text dieser Ausgabe wurde behutsam an die neue deutsche
Rechtschreibung angepasst.

Umschlaggestaltung von Thomas Schultz-Overhage

Gesetzt aus der Minion Pro, 11 pt

Die Sammlung Hofenberg erscheint im
Verlag der Contumax GmbH & Co. KG, Berlin
Herstellung: BoD – Books on Demand, Norderstedt

ISBN 978-3-7437-3775-4

Bibliografische Information der Deutschen Nationalbibliothek

Die Deutsche Nationalbibliothek verzeichnet diese Publikation in der
Deutschen Nationalbibliografie; detaillierte bibliografische Daten sind
im Internet über www.dnb.de abrufbar.

1.

Es war ein Frühlingsnachmittag voll Melancholie und Windesraunen, so recht geeignet für trübe Gedanken. Die Hände auf dem Rücken, die Mütze im Nacken, lehnte John an einem Lastwagen auf dem stattlichen Hofe seines Vaters, dem verworrenen Liede des Windes lauschend. Sein schönes Gesicht war von der Trunksucht aufgedunsen, sein schwarzes Haar dünn und halb ergraut, obgleich er erst siebenundzwanzig Jahre wurde, seine hohe elegante Figur verriet Schlaffheit und Hinfälligkeit. John sah wie ein verworfener junger römischer Kaiser aus, der sich in die Tracht eines jungen Mannes von heute gekleidet. Mit einem trüben Imperatorenlächeln auf seinem feisten, bartlosen Gesicht wiegte er den Kopf hin und her nach einer inneren Melodie und nach dem Rhythmus des Windes. Seine beiden jüngeren Brüder, Knaben von dreizehn und vierzehn Jahren, standen am Fenster und beobachteten ihn. Der ältere sagte: »Er wackelt schon wieder mit dem Kopf wie ein Mummelgreis.«

»Rodenberg!«, schrie John plötzlich, seine beiden schlaffen Hände wie ein Schallrohr gebrauchend.

Rodenberg, der alte Kutscher, streckte seinen rothaarigen Kopf aus der dritten Etage des Ziegelspeichers heraus und fragte, was es gäbe.

Alsbald brüllte John, dass es über den ganzen Hof schallte: »Wissen Sie, was der Doktor gesagt hat, Rodenberg?! Meine Leber ist kaputt, hat er gesagt. Ich hab's durch die Tür gehört.«

»Glauben Se doch das nich!«, tönte es von oben zurück, und bald klapperten ein Paar Holzpantoffeln hurtig die letzte Treppe herunter, und gleich darauf tauchte ein hünenhafter alter Germane mit einem langen, fuchsroten Bart im Rahmen der nächsten Speichertür auf. »Was hat'r jesacht, der Schafskopp?«, fragte der Kutscher.

»Kaputt, hat'r jesacht«, kicherte John, sich auf den Bauch tätschelnd.

Rodenberg entblößte sein Pferdegebiss und lachte, dass es dröhnte. Dabei hüpften die großen, kugelrunden Warzen, die wie Erbsen über sein geräumiges Gesicht verstreut waren, munter hin und her. »Nei so was! Nei so was!«, schrie er, sich aufs Knie schlagend. »Wie will so'n Schafskopp das wissen?!«

John lächelte so listig und so kindisch, wie einst vielleicht Caligula gelächelt hatte. »Hier«, sagte er, dem Alten verstohlen eine Flasche reichend, »holen Sie mir meine Mischung. Auf so was muss man einen trinken. Meinen Se nich auch?«

Rodenberg meinte auch. Er war immer dabei, wenn es galt, Johns Mischung zu holen, denn er liebte sie selbst leidenschaftlich.

»Mama!«, riefen die beiden Jungen am Fenster wie aus einem Munde. »Jetzt lässt er sich schon wieder von Rodenberg Schnaps holen.«

»Mein Gott«, sagte eine larmoyante Frauenstimme im Nebenzimmer, »lass er schon trinken! Jetzt ist ja doch schon alles gleich!«

Der blondlockige jüngere der beiden Brüder sah wie ein eingebildeter Engel aus, der ältere glich John. Der Engel öffnete seine roten Lippen und sagte, während seine großen blauen Augen verträumt durchs Fenster blickten: »Wenn er doch erst tot wäre!«

»Pfui, Leo, wie kannst du nur, es ist doch immer dein Bruder!«, verwies ihn dieselbe larmoyante Stimme in traurigem Tone.

»Ich muss ihn mir doch schon immer als Leiche vorstellen«, murmelte der ältere Junge.

Fast die ganze Familie Zarnosky zeichnete sich durch Roheit und ein ungewöhnliches Maß von Fantasie aus. Durch eine Fantasie, die nichts als Unheil stiftete, da sie das Unglück hatte, einer rohen und dumpfen Kaufmannsfamilie zu gehören, die nicht wusste, was sie mit ihr anfangen sollte. Es gab Zarnoskys, die vom Morgen bis zum Abend, sich und andern zum Verderben, die seltsamsten Lügen zur Welt brachten, weil ihre brachliegende Fantasie, derer sie sich indessen kaum bewusst waren, sie unwiderstehlich dazu trieb. Anstatt Bücher zu schreiben, verkauften sie Getreide; allerdings weder aus Neigung noch aus Betätigungsdrang. Johns Großvater, der Sohn eines reichen Bauern, hatte, um etwas Besseres zu sein als sein Vater, den Handel mit Getreide begonnen, und nun setzten ihn seine Söhne eben fort, weil ihnen das am bequemsten schien. Denn sie waren sehr faul und gegen alle Neuerungen; sie wollten bleiben, was sie waren. Da ihnen das Glück, trotz ihrer Trägheit, gewogen blieb, so meinten sie, dass Trägheit zum Erfolge notwendig sei, saßen mit den Stiefeln knarrend in ihren Kontoren, ließen die Daumen ihrer meistens gefalteten Hände umeinander schwirren – gewöhnlich unter mehr oder weniger märchenhaften Behauptungen und Erzählungen – und taten nie mehr, als durchaus notwendig war. Aber es gab keinen Trinker in der ganzen Familie. Man wusste nicht, wie John zu diesem Laster gekommen war, und zerbrach sich manchmal die Köpfe darüber.

Ein Teil der Familie meinte, dass man ihm zu oft und zu viel zu trinken gegeben, als er zart, fett und weich wie ein kleines Schwein mit einem Gesichtchen wie vom Konditor in der Wiege lag und von allen angebetet wurde. John schien schon damals beständig an Durst zu leiden; er konnte nie genug zu trinken bekommen. Die halbe Familie Zarnosky stand oft in heller Begeisterung um die Wiege, wenn das »Marzipanschweinchen«, halb entblößt, mit einer großen Milchflasche im Arm, den Lutschpfropfen wie eine Zigarre in seinem purpurroten kleinen Mundschlitz, sog und sog, bis die Flasche leer war und dann, wie ein junger Löwe brüllend, nach mehr verlangte.

John wollte trinken oder zerbrechen, zerreißen, zerstören; sein Zerstörungsdrang war ebenso groß wie seine Trinkgier. Schon in der Wiege verdarben seine kraftvollen kleinen Fäuste alles, was sie zu fassen bekamen. Später nahm er die Uhren herunter, sah gierig in sie hinein und zertrümmerte sie dann. Seinem ersten Schaukelpferde riss er schon am Weihnachtsabend das Fell ab. »So sieht es gerade fein aus«, sagte er befriedigt. Doch was war der Körper eines Schaukelpferdes gegen seinen eignen, den er bald mit dem Eifer eines hungrigen Raubtieres zu zerstören begann. Mit seinem ersten Taschenmesser brachte er sich lange, heftig blutende Risse an beiden Armen bei. »Da seht!« Blut und Stolz auf dem Gesicht, stellte er seine Wunden zur Bewunderung aus. John war vielleicht wirklich dazu imstande, sich ein Auge auszureißen, »wenn es ihn ärgerte«. Er stürzte sich mit Wollust in die schwersten Gefahren; denn seine Fantasie berauschte sich am Anblick von Blut, Fetzen und Trümmern.

Als er sechzehn Jahre alt war, spielte er mit Fünfzigpfundgewichten wie mit Gummibällen. Sein Körper war so weiß wie der eines Mädchens, von der Stärke und Elastizität eines Tigers. Lernen wollte er nichts wie alle Zarnoskys. Anstatt zu lernen, ging er eiserne Zäune verbiegen, durchgehende Pferde aufhalten, armen Leuten Holz kleinmachen, trinken und lügen. Ein Überschuss an Kraft und Fantasie, brachliegend und ungezügelt, trieb ihn mit Gewalt dem Verderben entgegen.

Mit siebzehn kam er ins väterliche Geschäft, wie sein um ein Jahr älterer Bruder Eugen. (Die Physiognomie dieses Zarnoskys war etwas hämisch ausgefallen, und er stand vernünftigen Neuerungen nicht ganz feindlich gegenüber.) Anstatt fleißig zu sein, ließ John die Daumen umeinander schwirren und log im Kontor, dass es förmlich ein Vergnügen war, ihm zuzuhören. Er log fast so viel als er trank, die ganze Welt, selbst seine nächsten Angehörigen verleumdend, wenn er so recht beim Aufschneiden war. Den Anlagen und dem Charakter nach war er einem seiner Onkel, der auch John hieß und allgemein »der Märchenerzähler« genannt wurde, viel ähnlicher als seinem eignen Vater.

Es nützte nichts, dass man John sowohl mit neunzehn wie mit einundzwanzig in eine Anstalt schickte, in der er von der Trunksucht geheilt werden sollte; er verfiel seinem Laster immer wieder. Doch wollte er lieber sterben, als noch ein drittes Mal in diese Anstalt gehen. Mit der Geschwindigkeit eines Bergrutsches ging es nun moralisch und physisch mit ihm herab. Sein Umgang wurden die Arbeiter seines Vaters, zum Lieblingsaufenthalt erwählte er sich die Kneipe, in der sie einen Teil ihres Lohnes zu vertrinken pflegten. Er sprach ihre Sprache und nahm ihre Sitten an. Man konnte ihn nicht länger im Familienkreise ertragen. Er bekam eine kleine Wohnung im Hofgebäude und eine Wärterin, die ihn gewöhnlich am Abend zu Bett bringen musste. Er begann an Krämpfen zu leiden, und Krankheit und Laster entstellten ihn nach und nach bis zur Unkenntlichkeit. Einer Vogelscheuche ähnlich, die im Winde schwankt, so schwankte er über den Hof, wenn er morgens nach der Kneipe ging, wenn er abends von dort kam. Und er hatte den Gang eines jungen Triumphators, als er sechzehn Jahre alt war. Es war wirklich schade um ihn. Besser, er wäre nie geboren worden; denn weder sein Vater noch seine Mutter gehörten zu denen, die ihn auf seinem abschüssigen Wege hätten aufhalten können. Der Vater war viel zu ungebildet und zu träge dazu, und die Mutter, eine schwächliche und überaus nervöse Pfarrerstochter, verstand nur, die Hände zu falten und alles dem lieben Gott anheimzustellen. Sie brachte noch mehr Fantasie in die Familie Zarnosky, dazu Melancholie und Sentimentalität, die zusammen mit der Roheit ihres Mannes bei den Kindern eine sonderbare Mischung ergaben. All der Überschuss in Johns Natur war viel stärker als Vater und Mutter und sein eigner unerzogener Wille. John folgte nur seiner Natur, John gehorchte nur dem Stärksten, wenn er seinen Lebensweg herunterraste wie ein wütender Stier.

Es war ein Frühlingsnachmittag voll Melancholie und Windesrauen, so recht geeignet für trübe Gedanken. John lehnte noch immer an dem Lastwagen, voller Sehnsucht auf Rodenberg wartend, der ihm den Schnaps besorgte. Mit einem trüben Imperatorenlächeln auf seinem gelben, bartlosen Gesicht wiegte er den Kopf hin und her nach einer inneren Melodie und nach dem Rhythmus des Windes. Als er den Kutscher kommen sah, verließ er schwerfällig seinen Platz und ging ihm voraus in den Pferdestall. Dort setzte er sich auf den Futterkasten, die Augen wie ein Verschmachtender auf die Tür gerichtet.

»Her, Rodenberg, her damit!«

»Ich werd erst Licht machen, jung' Herr.«

»Ach, geben Sie schon her! Ich kann nicht mehr warten!« Und er setzte die volle Flasche an den Mund und leerte sie gleich bis zur Hälfte.

Aus einem Winkel des Stalles kam jetzt ein niedliches Meckern. Dort stand ein kleiner schwarzer Ziegenbock mit weißen Beinen und weißer Kehle, den John für fünfzig Pfennige von einem Bauern gekauft hatte. Das Tierchen wollte zu ihm, als es seine Stimme erkannt hatte. Rodenberg musste es losmachen.

Wie der Wind stürzte es nun zu seinem Herrn, legte die Vorderhufe auf seine Knie und sah ihm lieb und einfältig ins Gesicht. Von Rodenberg unterstützt, zog John es auf den Schoß. »Mein trautster Junge«, sagte er zärtlich, das Böckchen an sich drückend.

In John war trotz aller Verkommenheit der Vater erwacht, ein sehr zärtlicher, sehr fürsorglicher, verliebter junger Vater. Den Frauen gegenüber war er zurückhaltend und jungenhaft geblieben. Er mied sie nicht gerade, aber er suchte sie auch nicht; sie flößten ihm zu viel Scheu ein. »Es geht ja auch ohne Weiber«, erzählte er Rodenberg. Und doch war trotz seiner Verdorbenheit der Vater in ihm erwacht, er hatte sich mit Inbrunst ein Söhnchen erkoren, und das war Peter, der kleine Ziegenbock. John hegte Zuneigung zu allem, was Tier war, und Abneigung vor den meisten Menschen. Man muss sehr hoch oder sehr tief stehen, um das zu empfinden. John stand recht tief, und das Laster machte ihn scheu, darum waren ihm die Tiere lieber als die Menschen. Er nannte ein Tier »mein Söhnchen«. Und der kleine Ziegenbock hatte einen guten Pflegevater in ihm gefunden. John fütterte ihn mit Leckerbissen, er machte ihm ein weiches Bettchen, er kämmte ihn, er bürstete ihn und hielt ihn wie ein Kind auf dem Schoß.

Rodenberg hatte die nächste von der Decke herabhängende alte Stalllaterne angezündet und brachte nun eine zweite Flasche zum Vorschein. »Prosit!«, sagte das Väterchen auf dem Futterkasten, und Herr und Kutscher taten einen tiefen Zug, jeder aus seiner Flasche. »Se müssen auch mal absetzen, jung' Herr«, bemerkte Rodenberg väterlich, da John dies zu vergessen schien.

John hielt die geleerte Flasche gegen das Licht. Es war auch nicht ein Tropfen mehr darin. John ließ die Unterlippe hängen und sah Rodenberg wie ein bittendes Kind an. »Holen Sie mir mehr!«, stotterte er.

»Ich trau mir nich«, wandte der Kutscher ein, die hingehaltene Flasche aus seiner nachfüllend.

»Sie haben wohl Angst vor den beiden am Fenster, vor Paul und Leo, was?«

»Na ja, die petzen doch immer jleich.«

»Ich hasse sie«, stammelte John mit zuckendem Gesicht. »Ich hasse sie! Weißt du, Rodenberg«, fuhr er fort, »sie würden sich freun, wenn ich stürbe – morgen – heute. Was dieser Leo für Augen hat! Hast du schon mal solch grässliche Augen gesehen, Rodenberg? Ich könnte sie ihm ausreißen, denn sie jagen mich von überall fort. Ich soll machen, dass ich vom Erdboden verschwinde. Ich soll krepieren. Gleich auf der Stelle.« Er weinte.

»Regen Se sich nich auf, jung' Herr, regen Se sich doch man bloß nich auf«, bat der Kutscher erschreckt. Aber John hub an, Schimpfworte und Verwünschungen gegen seine Brüder auszustoßen, indem er unaufhörlich die Fäuste ballte. Doch plötzlich packte ihn ein Krampfanfall, und er glitt stöhnend mit seinem Ziegenbock zur Erde.

Rodenberg kniete bei ihm nieder und hielt ihm wie gewöhnlich Arme und Beine fest, während Peter seinem Herrn das Gesicht leckte. Die beiden jungen Rappen, Johns Lieblinge, die allein im Stall standen, wandten unruhig die Köpfe herum, und ihre großen schönen Augen schienen voll Tränen zu glänzen. »Unser Johnche«, dachte Rodenberg, die Pferde anblickend, »das wird wohl auch bald jewesen sein.« Als der Krampf vorüber war, hob er den ganz Erschöpften auf und trug ihn, seufzend und stöhnend, denn er war noch ziemlich schwer, in seine Wohnung. Peter folgte ernst und gravitätisch wie ein Leidtragender.

Dore Kalnis, Johns Wärterin, ein bewegliches Weibchen von siebenundvierzig Jahren, empfing den Zug mit Scheltworten. »Sie sollten sich was schämen, Rodenberg«, fuhr sie ihn zornig an, »natirlich haben Se ihm wieder Schnaps jeholt! Aber ich werd's dem Herrn erzählen, der muss Sie endlich an die Luft setzen.«

»Krämpfe hat'r doch jehabt«, blubberte der Alte, John auf das Sofa bettend. Dann trollte er sich mit einem bösen Blick und einem ganz betretenen »'n Abend«.

John lag mit geschlossenen Augen da und wackelte rhythmisch mit einer Hand. »Wollen Se was, junger Herr?«, fragte die Wärterin.

»Peter«, flüsterte John.

»Oa«, seufzte sie, »der is auch wieder da! Neineinei, is das hier 'ne Wirtschaft! Lassen Se ihn doch man jetzt im Stall jehen, junger Herr, Sie müssen doch jetzt ins Bett.« Dabei suchte sie den Bock nach dem Ausgang zu drängen; aber John stieß ein zischendes »Nein!« hervor, und Peter senkte seinen schmalen Kopf und stieß mit seinen jungen Hörnern gegen Dores spitze Knie.

Das schlug dem Fass den Boden aus. Die Wärterin hielt den Angreifer fest und verabreichte ihm eine Reihe wohlgezielter und gutsitzender Maulschellen.

John drehte seine Augen mit Gewalt nach der Szene. »Dore«, flüsterte er heiser, »wenn du nicht gleich mit Schlagen aufhörst, so verkürze ich dein Leben.«

Frau Kalnis lachte spöttisch auf, und dann sagte sie maliziös: »Wenn Se mich duzen, junger Herr, dann sind Se doch wie jewehnlich betrunken.«

Das Väterchen auf dem Sofa schien vor Zorn bersten zu wollen. Plötzlich zerrte es die Uhr aus der Westentasche und warf sie nebst der schweren Kette nach Dores dünnbehaartem Kopf. Aber die Wärterin machte nur einen ironischen Knicks und fing das Ganze mit den Händen auf. »Was nun?«, fragte sie, ärgerlich lachend. Und dann in eine andre, gemütliche Tonart übergehend: »Was wollen Herr Johnche zu Abendbrot essen?«

Herr Johnche war besänftigt. Er faltete die Hände, ließ die Daumen umeinander schwirren und sah nachdenklich zu der verräucherten Decke auf. »Heringssalat«, entschied er hoheitsvoll.

»Scheen«, nickte Dore mit einem giftigen Blick nach dem Ziegenbock. Darauf schritt sie hurtig zum Fenster, öffnete es und rief: »Ama–lie ... Ama–lie ...« – Da keine Antwort erfolgte, bewaffnete sie sich mit einem Teppichklopfer und schlug damit feierlich auf das Fensterblech.

Im Vorderhause tat sich jetzt ein Fenster auf, und langsam kam ein kugelrunder dunkler Frauenkopf zum Vorschein. »Wa–as wollen Se, Frau Kalnis?«

Dore bestellte den Heringssalat und außerdem belegtes Brot und Bratkartoffeln.

»Wa–as fir Jetränke?«, rief Amalie durch den Frühlingswind.

»Tee«, erwiderte Dore hurtig, obgleich John etwas andres sagte.

»Scheen«, kam die langgezogene Erwiderung, und das Fenster wurde phlegmatisch geschlossen.

»Für den Tee muss ich danken«, brummte John, das Böckchen streichelnd und seine Stiefel an der niedrigen Lehne des Sofas scheuernd. In seinem Zimmer sah es recht wohnlich aus, obgleich es, seiner häufigen Zerstörungswut wegen, nicht allzu viel enthielt. Der große Spiegel mit der Marmorplatte, der zwischen den beiden Fenstern hing, wurde von John nur deshalb respektiert, weil er von den Eltern seiner Mutter stammte. Alles, was von den verstorbenen Großeltern mütterlicherseits stammte, war ihm heilig. Merkwürdigerweise. Er begnügte sich damit, dem Spiegel mit der Faust zu drohen, wenn er betrunken war, und an Großmutters riesengroßem, grünblauem Plüschsofa wischte er sich dann höchstens die Stiefel ab. Dieses altmodische Möbel stand vorn an der rechten Wand, vor sich einen runden Tisch.

Vis-à-vis an der linken Wand stand nichts als ein brauner Kleiderschrank. Den Hintergrund füllte ein breites dunkles Bett und eine Waschtoilette, die nur wie ein Kasten aussah. An den Fenstern hingen rot und weiß gestreifte Vorhänge, und über dem Sofa hing eine überaus altmodische farbige Landschaft, die ebenfalls von den respektierten Großeltern stammte. Außerdem gab es nur noch einen Bettvorleger und ein zerrissenes Papiertelefon im Zimmer. Dieses Wohn- und Schlafgemach war mittelgroß und mittelhoch und lag zwischen dem der Wärterin und der Küche, aus der es auf die Treppe ging.

Dore machte sich daran, die Lampe anzuzünden, und deckte dann den Tisch mit einer bunten Baumwolldecke. Als das Abendbrot gebracht wurde, nahm John den Heringssalat an sich und sah Dore spitzbübisch an. »Jesägnete Mahlzeit«, sagte sie fromm, ihm gegenüber Platz nehmend und leckrig nach dem Heringssalat blickend. »Schweig!«, entgegnete er gereizt auf ihren freundlichen Wunsch. Sie nahm ihren Tee, ihre Kartoffeln und ein belegtes Brot und ging gekränkt in ihr Zimmer. Dort machte sie Licht und setzte die Brille auf. Um sich zu beruhigen und um den Heringssalat, den sie zu gern aß, würdiger verschmerzen zu können, guckte sie rasch in eins ihrer vielen Erbauungsbücher. Nachdem sie drei liebliche Strophen gelesen hatte, seufzte sie wie eine Märtyrerin und ließ sich ergeben zu ihren Bratkartoffeln nieder.

Dore war wirklich fromm, und wenn sie log, geschah es nur unter geistigem Vorbehalt. In ihren jungen Jahren war sie Wirtschafterin auf großen Gütern gewesen. Tüchtigkeit und Heißblütigkeit waren damals ihre hervortretendsten Eigenschaften. Mit vierzig besaßen ihre listigen kleinen Augen noch die Kraft, einem ältlichen Gutsbesitzer den Kopf zu verdrehen. Er ließ sich von seiner Frau scheiden und heiratete die unschöne brustkranke Wirtschafterin mit den vielen Erbauungsbüchern und der liebevollen Vergangenheit. Aber die Ehe währte kaum ein Jahr, denn die erwachsenen Kinder trieben die ihnen verhasste Stiefmutter bald aus dem Hause. Dore musste wieder in Stellung gehen, und das war hart für sie, denn der Husten plagte sie mehr und mehr. Immerhin gelang es ihr, einen leichten Dienst zu finden – bei den reichsten Zarnoskys, als Pflegerin der kränklichen alten Großmutter. Dore verstand es, sich bei Zarnoskys unentbehrlich zu machen, darum behielt man sie auch nach dem Tode der Großmutter im Hause. Und eines Tages wurde dann John ihr Pflegling, der immer ihr heimlicher Liebling gewesen.

Dore fand, dass der Heringssalat doch schwer zu verschmerzen war. Sie guckte schließlich durch die Tür, um zu sehen, wie weit John damit war. »Frau Kalnis«, rief er versöhnlich, »es ist noch eine Menge Heringssalat für Sie.«

Die Wärterin machte ein dummes Gesicht, weil sie nicht wusste, ob sie ihm trauen durfte. Aber ihre Leckrigkeit war groß. »Wollen Se mich auch nich zum Narren machen?«, fragte sie zuerst.

John schwur, die Lippen prunzelnd, dass er nicht daran dächte. Dore rückte an, wünschte noch einmal »jesägnete Mahlzeit« und setzte sich dann an den Tisch. Sie trug ein kaffeebraunes, selbstgewebtes altmodisches Kleid mit einem dunkelroten Samtstreifen um den Rock und kleinen Samtklappen an den Ärmeln. Ihren vertrockneten Hals zierte ein selbstgehäkeltes weißes Tüchlein. Über dem flachen Leibe hatte sie eine schwarze Schürze, die den Rock sowohl zieren als schonen sollte. Frau Kalnis glich einer ältlichen, glattgescheitelten Chinesin in europäischer Kleidung. Peter betrachtete sie genauso aufmerksam wie sein Väterchen, aber man konnte seinen einfältigen Augen nicht anmerken, ob er sie hübsch oder hässlich fand.

»Na, hat'r geschmeckt?«, fragte John mit unwiderstehlich verschmitzter Miene, als die Wärterin die Schale auskratzte.

»Wird nich schmecken?! Scheenes Essen«, entgegnete sie unter verschämtem Lachen.

Peter bekam das letzte Butterbrot und dann sollte er in den Stall. Frau Kalnis ging hinaus, um Rodenberg zu rufen, der unten im Hause mit seiner gichtkranken Frau und einer überaus frommen Schwester wohnte. Rodenberg brachte Peter in den Stall, wenn er nicht betrunken war. Heute kam die fromme Schwester statt seiner. Jette musste feierlich versprechen, dass Peter auch wirklich sein Abendbrot erhalten würde, dann erst durfte sie ihn am Halsband nehmen.

John war jedes Mal sehr sanftmütig, wenn er sich wieder mit Dore vertragen hatte. Er war dann wie ein Kind, das ungezogen gewesen und nun durch besondere Artigkeit versöhnen will. Er ließ sich wie ein Lamm von ihr zu Bett bringen und suchte sie dabei durch eine gefällige Unterhaltung zu erfreuen. »Wir werden morjen ein reines Hemd anziehen«, sagte die Wärterin, sobald sie ihren Pflegling bis auf dieses letzte Kleidungsstück entblößt hatte. John machte ein liebliches Gesicht, obgleich er nicht gern ein reines Hemd anzog. »Und wir werden wieder mal de Fieße waschen«, setzte sie hitzig hinzu, als ihr Blick auf seine unsauberen Gehwerkzeuge fiel. John lächelte wie ein Engel, obgleich er wasserscheu war.

Er legte sich schwerfällig ins Bett, und Dore deckte ihn sorgfältig zu. »Lesen Sie mir was vor, ich kann jetzt doch noch nicht schlafen«, sagte er nervös, als sie ihn mit warmen Augen betrachtete. Er war immer schlaflos und sehr erregt, wenn er Krämpfe gehabt hatte, und wenn sie stark gewesen, stärker als diesmal, so ging er danach tagelang wie ein Gestörter umher.

Die Wärterin eilte zu ihrem Bücherschatz, um eine passende Lektüre zu suchen – und kam sobald nicht wieder. Der Husten hatte sie gepackt und schüttelte sie, wie eine kräftige Faust einen leichten Gegenstand schüttelt. Nach einigen Minuten war der Anfall vorüber und Dore ganz erschöpft. Sie saß noch eine Weile mit hängendem Kopfe und hängenden Armen auf ihrem Stuhl und starrte stumpfsinnig zu Boden, dann stand sie auf: »Nun komm ich, Herr Johnche. Wenn erst abjehust' is, dann is wieder gut«, sagte sie resigniert.

Und sie begann mit belegter, schwacher Stimme, die allmählich klarer und kräftiger wurde:

»Fest jemauert in der Erde
Steht die Form aus Lehm jebrannt.
Heute muss die Glocke werden,
Frisch, Jesellen, seid zur Hand ...«

»Hör auf mit deiner dämlichen Glocke!«, schrie John, die Geduld verlierend. »Du weißt doch, dass ich die olle Glocke nicht mehr hören will.«

»Scheen, dann her ich auf, dann les ich gar nich.«

»Dorchen«, sagte schmeichelnd der Kranke und wies süß nach der Bibel hin, der alten, vergilbten, die sie auch mitgebracht hatte. Da konnte sie nicht widerstehen, da tat sie, wie ihr geheißen ward. Sie schlug die Offenbarung des Johannes auf und las mit schöner Dorf-schulbetonung: »Ich sah einen neien Himmel und eine neie Erde. Denn der erste Himmel und die erste Erde verjing und das Meer ist nicht mehr. Und ich sah die heilije Stadt, das neie Jerusalem von Gott aus dem Himmel herabfahren, zubereitet als eine jeschmickte Braut ihrem Manne.«

»Noch einmal«, flüsterte John, und seine Fantasie arbeitete mächtig. Die Litauerin wiederholte und las dann weiter, es kam die Schilde-rung des neuen Jerusalems. Und John sah bei ihren Worten das neue Jerusalem, die Stadt der goldenen Gassen mit den Toren aus Perlen und den Mauern aus Edelsteinen. »Blau, gelb, grün, rot ...«, flüsterte er, »o Dore, alle Regenbogenfarben! Alles aus Edelsteinen, aus Gold und Perlen!« Sie war verstummt, und er fuhr fort, die Augen auf die verräucherte Decke gerichtet.

»Da ist ein Schloss, Dore, das wird mir gehören, wenn ich erst tot bin. Die Mauern sind aus Amethyst und die Fenster aus Rubin. Und in allen Zimmern sind Flaschen, Flaschen in allen Regenbogenfarben – und ich darf aus allen trinken. Das schmeckt, Dore, was in den Flaschen ist! Und man wird nie davon betrunken, man kann ewig, ewig trinken!«

Die Wärterin lachte und John sprach weiter:

»Jeder Schluck aus den Flaschen ist wie mildes, knisterndes Feuer und fließt wie flüssige Edelsteine in den Magen hinab. Dort sprudelt er weiter und durchglüht den ganzen Magen. Was sag ich: den ganzen Magen? Nein, den ganzen Körper. Und man wird durchsichtig wie eine helle Flamme, wenn man aus den Flaschen getrunken hat, man gleicht dann einer hellen, durchsichtigen Flamme ...« Er wandte den Blick von der verräucherten Decke und sah die Wärterin spitzbübisch an. »Man könnte in dich hineinsehen, Dore, wenn du aus den Flaschen getrunken hättest, dein ganzer Körper wäre dann durchsichtig.« Er grinste wie ein Faun. »Ich möchte nicht in dich hineinsehen, Dore!«

»Sie missen nich anzieglich werden, junger Herr«, sagte Frau Kalnis gekränkt, und nachdem sie eine Weile nach einer schärferen Entgeg-nung gesucht hatte, setzte sie mit frommem Hohn hinzu: »Wer eine kranke Leber hat, sieht innen immer noch schlechter aus, als einer, der se nich hat.« Darauf las sie hurtig weiter und gelangte bald zu der

Strophe: »Und der Geist und die Braut sprechen: Komm! Und wer es höret, der spreche: Komm! Und wen dürstet, der komme, und wer da will, der nehme das Wasser des Lebens umsonst.«

»Halt, halt!«, rief John erregt nach diesen Worten. »Mich dürstet, mich dürstet immer! Wohin soll man da kommen, Dore? Ich geh gleich dahin.«

»Na, nach's neie Jerusalem doch wohl«, meinte die Wärterin. Und dann maliziös: »Aber Sie heren doch, junger Herr, dass da nichts als Wasser anjeboten wird.«

Der Trinker verzog das Gesicht. »Wasser – brr … Aber Wasser des Lebens, Dore, das schmeckt vielleicht besser als die feinste Mischung, das stillt vielleicht für immer den Durst.«

»Kann sein! Aber wollen Se jetzt nich schlafen, Herr Johnche?«

»Ich kann nicht.«

»Na versuchen Sie's doch man erst.«

»Nein … Ich möchte wissen, wozu ich gepasst hätte, wenn ich nicht immer den Durst gehabt hätte?«

»Das fragen Se mich immer, wenn Se einen jetrunken haben.«

»Und Sie wissen nie eine Antwort darauf. Was ihr sagt, ist alles falsch. – Wozu bekam ich den ewigen Durst? Ich möchte wissen, wozu ich ihn bekam?«, schrie er wild. »Das will ich wissen!?«, brüllte er, und sein ganzes Gesicht zuckte.

»Jetzt sollten Se zu schlafen versuchen, mein Lieberche, und nich so was Unnitzes fragen.«

»Zum Schlafen kommt schon noch Zeit genug«, stammelte John. »Ich möchte wissen, ob ich denn bloß zum Saufen auf die Welt kam?«

»Aber nei! Sie hätten doch e feiner Kaufmann werden können, oder auch e studierter Herr, wie d'r Großvaterche.«

»Sprich doch nicht dummes Zeug!«, brummte er gereizt. »Du verstehst von gar nichts! Keiner versteht was! Und alles ist so verdreht, so verdreht …«

Die Wärterin war zu der Überzeugung gelangt, dass John heute Abend ein Schlafpulver bekommen müsse. Sie holte das Tischchen herbei, das zur Nacht an sein Bett gestellt wurde, und rührte ihm dann rasch ein Pulver ein.

»Dies trinken Se man und dann werden Se schon schlafen, mein Lieberche.«

Erst wollte er nach dem Glas stoßen, aber dann riss er es plötzlich an sich und leerte es gierig. Er plumpste wie ein ermatteter Maikäfer auf den Rücken, als das Schlafmittel zu wirken begann. Dore nahm die Brille ab und betrachtete ihn mit einfältiger Miene. »Dummer Äsel«, brummte sie, »wärst verninftig jewesen, hätt dir die janze Welt offen jestanden. Aber nu – was hast? Gar nuscht.« Da John die Augen geschlossen hatte, löschte sie die Lampe aus und zündete dafür ein Nachtlämpchen an. Sie setzte ein paar Flaschen Selterwasser auf sein Tischchen, die er im Laufe der Nacht zu leeren pflegte, um das fortwährende innerliche Brennen zu lindern, und verfügte sich dann in ihr Zimmer, um geräuschlos zu Bett zu gehen.

2.

John stand vor dem Spiegel und legte seine Orden an. So nannte er die blauen, an Bändchen hängenden, parfümierten Oblaten, mit denen er seine Jacke zu schmücken pflegte, wenn er »zu Zarnoskys« ging. Er trug sie dann seiner jüngeren Brüder wegen, die immer behaupteten, sie könnten seinen Geruch nicht ertragen. John roch wirklich nicht schön, was auch weiter nicht verwunderlich war, und seine Kleider verbreiteten die Luft der Arbeiterkneipen. Aber er verschmähte es, sich mit Parfüm zu begießen, er fand es männlicher und stilvoller, mit den blauen Oblaten auf der Jacke zu gehen. Obgleich sie lange nicht die Wirkung ausübten, die ein starkes Parfüm getan hätte. John war noch so kindisch. Mit strahlenden Augen war er eines Morgens, die Oblaten auf der Brust, bei der Mutter erschienen: »Sieht das nicht fein aus? Sieht das nicht jroßartig aus? Und nun werde ich auch nicht mehr schlecht riechen. Nicht wahr, ich rieche jetzt fein? Paul, Leo, rieche ich jetzt nicht fein?« Sie hatten es aus Mitleid bejaht, und die Mutter hatte sogar behauptet, dass sie noch nie einen schlechten Geruch an ihm bemerkt habe, Paul und Leo seien nicht klug. Das hatte den jungen Alkoholiker bis zu Tränen gerührt. An diesem Tage trank er keinen Tropfen.

Während sich John noch vor dem Spiegel bewunderte – es war Sonntag: Palmsonntag – kam etwas trapp, trapp, trapp, wie auf kleinen Jungenstiefeln, die Treppe herauf und hämmerte dann energisch an die Küchentür. Das Väterchen stürzte hin, um dem Söhnchen zu öffnen. Peter trat ein und schob seine kleine weiche Nase zur Begrüßung in Johns ausgestreckte Hand. Peter wollte seinen Morgenzucker haben, und den erhielt er auch reichlich. John hätte seine Uhr verkauft, um Peter mit Zucker füttern zu können.

Der Ziegenbock musste auf dem Hof bleiben, als John ins Vorderhaus zu seinen Eltern ging. Er bedeutete ihm, auf dem Hof herumzuspringen, solange »Papa« auf Besuch war.

Papa setzte sich im elterlichen Esszimmer an den warmen Ofen, verschämt »Guten Morgen« stotternd. Paul und Leo verzogen sich rasch nach seinem Eintritt, und Eugen begrüßte ihn mit den spöttischen Worten: »Na, wieder mal betrunken gewesen, alter Ziegenbockvater?«

»Betrunken gewesen? Wer? Ich doch nicht?«, stotterte der Trinker. Er hatte die Hände gefaltet und ließ die Daumen langsam umeinanderlaufen, indem er auf die Mutter blickte, die mit einer Handarbeit am Fenster saß.

»Ach John«, sagte sie traurig, »kannst du es denn gar nicht lassen?«

»Nein«, platzte er naiv heraus.

Sie seufzte und verstummte.

»Was gibt's zu Mittag?«, fragte er verlegen in die Stille hinein. John war ein Feinschmecker und hielt sich gern in der Küche auf. Dort, bei Amalie, war ihm auch viel wohler als bei Vater und Mutter. »Muss mal sehen, was gekocht wird«, sagte er, sich wieder erhebend, da niemand auf seine Frage antworten wollte.

In der Küche stand eine Kiste, die der Faktor zur Bahn tragen sollte. Auf dem Deckel lagen dreißig Pfennige Trinkgeld für ihn. John vergaß das Mittagessen und blickte wie gebannt auf das Geld. Sein Portemonnaie war leer; denn der Vater gab ihm immer weniger und weniger Taschengeld, um ihm das viele Kneipenlaufen unmöglich zu machen. (Das Resultat davon war, dass John auf Kredit trank und die Faktore anpumpte.) Die dreißig Pfennige lockten ihn, wie den Igel das Blut. »Wissen Sie was, Amalie«, sagte er zu der kugelrunden ältlichen Köchin, »das da kann ich selbst verdienen! Die Kiste trag ich noch allemal!« Damit nahm er sie auf und wandte sich nach dem Ausgang.

»Sie werden doch nich!«, rief Amalie. »Der Friedrich wird doch jleich kommen. Aber, junger Herr, das schickt sich doch nich fir Sie. Wenn das der Herr sieht!?«

»Aber ich schlepp' sie doch bloß so lange, bis ich einen Jungen treffe, der sie mir für fünf Pfennige trägt.«

»Lassen Se ihr stehen, ich jeb Ihnen dreißig Pfennige«, sagte Amalie zärtlich.

»Geben Sie her«, brummte John, »dann sind es sechzig.« – »Her damit!«, beharrte er mit dem Eigensinn des Alkoholikers, da die Köchin unter diesen Umständen nicht mit dem Gelde herausrücken wollte.

Es blieb ihr schließlich nichts andres übrig, als ihm den Willen zu tun. Sie öffnete zwei Knöpfe ihrer karierten Taille und zog ein rot und braun gestreiftes Beutelchen hervor, das von der Wärme ihres gewaltigen Busens Zeugnis ablegen konnte. »Na machen wir uns auf die Socken«, sagte John kurz, als er das Geld hatte. »Ist mir ein Kinderspiel, diese Kiste zu tragen.«

Die Köchin wollte es bestreiten, und das reizte John, weil es seinen Stolz verletzte. Nun ging er mit der Kiste, kostete es, was es wollte. Einen flotten Gang erzwingend eilte er nach der Tür.

»Adieu, Amalie.«

Die Dicke sah ihm sorgenvoll nach. »Kommen Se gut nach Hause, junger Herr.«

Das Zarnosky'sche Haus stand vis-à-vis einer Querstraße, die sich in langer enger Windung vor ihm auftat. Die Straße hieß Grätengasse. Eugen stand gerade am Fenster, als John mit der Kiste aus dem Hause trat und nach der Grätengasse steuerte. »Was soll das heißen?«, rief er, das Fenster aufreißend. »Holla! John! Du kommst sofort zurück!«

Der Angerufene drehte ihm sein gelbes Gesicht zu und schnitt ihm eine tolle Grimasse, dann trollte er weiter.

Eugen knickte vor Lachen zusammen. Johns Anblick war überwältigend komisch gewesen, so tragisch er im Grunde auch war. Und nun schwankte er auch schon die Grätengasse hinunter, er hüpfte und torkelte, die Kiste unterm Arm, von rechts nach links. »Mutter, Paul, Leo!«, rief Eugen in das nach hinten gelegene Esszimmer hinein. »Kommt doch bloß mal her!«

Frau Zarnosky war entsetzt, als sie John in dem Kistenträger erkannte. Eugen sollte ihn sofort zurückholen, weil sie fürchtete, dass John hinfallen könne. Aber Eugen machte Einwendungen: Er werde ihm nicht gehorchen und Streit anfangen, er werde auch nicht gleich hinfallen. Der Faktor könne ihm ja nachlaufen.

Aber der war noch immer nicht da; Amalie versicherte indessen, dass er nun gleich kommen müsse. Alle stellten sich ans Fenster und blickten gespannt in die Grätengasse, die beiden Jungen voll heftigster Lachlust. Plötzlich prusteten sie los; denn John hatte sich umgedreht und die Zunge herausgehängt.

In der Grätengasse standen viele alte Speicher. Einer von ihnen hatte an der Front eine steinerne Ruhebank. Als John diese Bank erreicht hatte, stellte er die Kiste herauf, setzte sich pustend daneben und faltete ergeben die Hände. So traf ihn Onkel John, der des Weges daherkam, um irgendwo Märchen erzählen zu gehen.

»Was tust du da? Was hast du da für eine Kiste?«, fragte er mit heftig angeregter Fantasie.

Der Neffe tat verschämt. »Der Vater braucht Geld. Ich muss unser Silberzeug verkaufen gehen. Eugen tut es nicht«, erwiderte er so gedrückt als er konnte.

Onkel John kicherte wild in sich hinein. »Armer Junge«, sagte er bedauernd, und als habe er durchaus nichts Merkwürdiges gehört, »die Kiste ist wohl sehr schwer?«

»Ja«, hauchte der Neffe mit schwermütigem Augenaufschlag.

Der Onkel pustete stark, um nicht lachen zu müssen, dann sagte er: »Deine Eltern tun unrecht, wenn sie dich bei deinem Gesundheitszustand mit einer solchen Kiste schicken. Indessen soll man Vater und Mutter ehren. Doch« – Onkel John weitete furchtbar die Augen – »wenn sie dich noch einmal mit einem solchen Monstrum heraushetzen … heraushetzen«, wiederholte er mit erhobener Stimme, »dann kommst du zu mir, und das Weitere wird sich dann schon finden.«

Der Trinker nickte ganz ergriffen. »Gib doch was, damit ich sie mir wenigstens tragen lassen kann«, stammelte er, die Hand ausstreckend, in kläglichem Tone.

»Hast du denn gar kein Geld?«, fragte Onkel John, bis zu Tränen gerührt.

Der Neffe kehrte hurtig die leeren Hosentaschen heraus. »Und sie lassen mich nächstens verhungern«, brummte er, dem Himmel ein Paar feuchte Pudelaugen zeigend.

Onkel Johns Fantasie schwoll mächtig an. Die Eindrücke arbeiteten so gewaltig in ihm, dass er einen Augenblick ganz sprachlos blieb. Und wenn er auch genau wusste, dass sein Neffe ihn aufs Albernste belog, gelang es ihm, bei seiner Einbildungskraft, doch ganz vortrefflich, sich die Unwahrheit als Wahrheit vorzustellen. Sein fuchsgelber Schnurrbart zitterte, denn er befand sich in angenehmster Aufregung, und seine grellblauen Lügneraugen glitzerten wie Katzenaugen im Dunkeln. »Zunächst«, sagte er, hoheitsvoll das Portemonnaie ziehend, »zunächst sind hier fünf Mark, damit du nicht ganz ohne Pfennig herumläufst – mein armer Junge.«

John nahm dankend die gereichten zwei Mark. Er wusste, dass es immer nur zwei Mark waren, wenn Onkel John fünf Mark sagte.

»Und nun gehe ich zu deinen Eltern«, fuhr dieser fort, »um für dich das Notwendigste anzuordnen. Schlimmstenfalls« – er rollte die Augen – »wird die Polizei meinen Worten Nachdruck verleihen. – Holla!«, rief er dem Faktor entgegen, der der Kiste wegen gelaufen kam. »Tragen Sie das da! Ich übernehme die Verantwortung, verstanden?«

John lehnte es ab, den Onkel zu begleiten, weil er ein unreines Gewissen hatte. Der Onkel ging auch lieber allein, um je nach Empfang mit seinen Märchen herauszurücken. Es war ein hellgrauer Sonntagvormittag, und die Grätengasse lag still und leer und sauber da. Onkel John eilte wie mit Flügeln am Mantel davon, während sein Neffe auf der Steinbank sitzen blieb, die Daumen umeinander drehte und sich seine Mischung wünschte.

»Guten Tag, meine Lieben«, sagte der alte Fuchs mit wärmster Innigkeit, als er bei Zarnoskys ins Esszimmer trat. Paul und Leo reichten ihm die Hand, seine Schwägerin unterließ es, Eugen und Herr Zarnosky brummten etwas, Onkel Chlodwig war nicht da.

»John sitzt am Traumann'schen Speicher und weint«, hub der gute Onkel an. »Die Kiste war doch wirklich zu schwer für ihn.«

»Wer hat ihm befohlen, mit der Kiste zu gehen?!«, sagte ärgerlich der Vater.

»Das wollen wir nicht untersuchen«, versetzte Onkel John sanft und schlicht. »Apropos« – (»Jetzt geht's Schwindeln los«, flüsterte Paul hinter Eugens Rücken.) – »was ich sagen wollte« – er hob die eine Fußspitze ein wenig in die Höhe und besah sich versunken den Stiefel – »ja, richtig; es gehen über dich merkwürdige Gerüchte in der Stadt herum, ganz merkwürdige Gerüchte, mein lieber Richard.«

»Fantasiere doch nicht immer!«, unterbrach ihn sein Bruder in wegwerfendem Tone. Richard Zarnosky log nicht mehr als andere Kaufleute, und seine Fantasie hielt sich in bürgerlichen Grenzen.

»Du solltest – du solltest nicht so zu mir sprechen – in – in einer Lage wie der deinigen, mein lieber Richard.«

»In was für einer Lage bin ich denn, mein lieber John?«

»In keiner angenehmen, sollte ich meinen. Es gehen Gerüchte in der Stadt, dass –«

»Dass?«

»Dass es mit dir schief stände, mein lieber Richard.«

»Wer sagt das?«, fragte Herr Zarnosky amüsiert.

Onkel John entblödete sich nicht, eine Reihe von Namen zu nennen, wobei er ab und zu die Augen schloss, als ob ihm angst und bange würde. »O Gott!«, rief er plötzlich. »Richard, Richard, bring nur nicht Schande über deine angesehene Familie, über mich und meine unschuldige Tochter, über unsern armen Bruder Chlodwig!«

»Erster Akt, erste Szene«, sagte Eugen lachend.

Herr Zarnosky tippte mit einer nicht misszuverstehenden Gebärde an seine Stirn, indem er den Bruder bedeutungsvoll anblickte. Aber Onkel John übersah die Beleidigung, weil er noch lange nicht fertig war. Sich seinem ältesten Neffen zuwendend sagte er: »Mein lieber Eugen, du solltest dich schämen, deinen alten Onkel zu hänseln. Aber ich weiß ja, du ehrst auch nicht Vater und Mutter. Du schämst dich, in ihrem Interesse zu handeln. Du schämst dich, Schritte zu tun, die ihre missliche Lage verbessern könnten.«

»Nu wird's Tag«, brummte Eugen belustigt.

Herr Zarnosky öffnete die Tür und sagte gelassen: »Mein lieber John, hier hat der Zimmermann das Loch gelassen.«

Der Märchenerzähler fauchte wie ein schwergereizter Kater, seine grellen Augen rollten hin und her. »Richard«, brachte er angestrengt heraus, »ich kündige dir hiermit ein für alle Mal meinen Speicher.«

»Schön«, erwiderte Herr Zarnosky, »mir ist dein ew'ges Künd'gen auch über. Es gibt mehr Speicher in unserer Gegend.«

»Geh nur hin!«, krähte Onkel John. »Es dürfte dir keiner so passen wie meiner.«

»Und wenn auch! Schlimmstenfalls behelfen wir uns eine Weile mit einem. Wir räumen zum ersten Juli, du kannst dich darauf verlassen.«

Das kam dem Märchenerzähler weder erwartet noch erwünscht. Wer weiß, ob ihm ein andrer die hohe Speichermiete zahlen würde, die ihm sein Bruder zahlte, ganz abgesehen von allerhand Vorteilen, die er daraus zu ziehen verstand, dass sein Speicher dem Bruder so sehr gut passte. (Onkel John zog es schon lange vor, den Speicher zu vermieten, anstatt ihn selbst zu benutzen, weil er zu viel mit Prozessen zu tun hatte. An denen gewöhnlich seine Märchen schuld waren.) »Richard«, flüsterte er, das Gesicht in schelmische Falten ziehend und aufs Versöhnlichste loskichernd, »du kannst nicht Scherz von Ernst unterscheiden. Das war doch bloß Spaß mit der Kündigung. Benutzt ihn in Gottes Namen weiter. Mir genügt der Schuppen.«

»Bis zum ersten Juli und nicht länger«, versetzte Herr Zarnosky schroff.

»Es ist nicht recht, dass du dem Bruder den Verdienst nehmen willst, um ihn vor einen Fremden zu werfen«, predigte Onkel John in salbungsvollem Tone; aber seine Augen funkelten böse. »Unser Bruder Chlodwig wird es auch nicht wollen«, setzte er theatralisch hinzu.

»Dein ew'ges Künd'gen passt uns schon längst nicht mehr!«, schrie Herr Zarnosky, die Geduld verlierend. »Und es passt uns auch nicht, dass du deine fünfzig Puten tagtäglich von unserem Getreide mästest!«

»Erstens sind es nur vierzig«, stotterte Onkel John, »und zweitens haben sie noch nie in ihrem Leben auch nur ein Körnchen von deinem Getreide bekommen. Und außerdem sind nur noch sechs am Leben.« Alle lachten. Von vierzig auf sechs war selbst für Onkel John ein kühner Sprung.

»Wisst ihr denn nichts von dem Unglück, das vergangenen Montag bei uns passierte? Nein, ihr wisst wohl noch nichts?!«, rief nun der Märchenerzähler, froh wie ein Kind über den guten Einfall, der ihm gekommen, und über die versöhnliche Stimmung, die sich anzubahnen schien. »Richard, Anna, Eugen, Kinder, lasst euch erzählen, was vergangenen Montag bei uns passierte. Da fuhr mir doch ein Wagen mit durchgehenden Pferden in meine jungen Putchen hinein. Die Hälfte wurde totgefahren, die Hälfte kreuzlahm getreten. Dem Truthahn Fritz, meinem Liebling – ihr kennt ihn ja – dem armen Tier war das linke Beinchen gebrochen. Ich habe ihn dann selbst geschlachtet ...«

»Aber Onkel!«, platzte Paul lachend heraus. »Den Fritz habe ich doch noch gestern Nachmittag gefüttert.«

Onkel John zuckte zusammen wie jemand, den unerwartet ein Insekt gestochen. »Paul«, begann er eindringlich, die lachenden Zuhörer mit hoheitsvollen Blicken messend, »besinne dich recht, mein Junge! Du hast – gestern Nachmittag – den Fritz gefüttert? War es nicht vor acht Tagen?«

»Gestern war es.«

Onkel John blickte auf Paul wie auf einen armen Schwachsinnigen, dann wandte er sich seiner Schwägerin zu. »Liebe Anna, ich habe es Ihnen – ich habe es euch allen noch immer verbergen wollen, was ich seit einem halben Jahre an Paul beobachte. Der arme Junge – aus unsrer Familie hat er das nicht – das arme Kind weiß nämlich nie, wann sich ein Ereignis zugetragen, ob es gestern, vorgestern oder sonstwann war. Er verliert das Gedächtnis. Ist euch das noch nie aufgefallen?«

»Nein, du alter Schwindler«, sagte Herr Zarnosky mit Nachdruck.

»Alter Schwindler?«, sprühte der Märchenerzähler, seinen Speicher vergessend. »Statt mir zu danken, dass ich dich auf eine Krankheit deines Kindes aufmerksam mache, beleidigst du mich? Du bist mir ein netter Vater! Den einen lassen sie verlumpen, den andern verblöden!«

Herr Zarnosky ging ruhig zur Tür und öffnete sie ein zweites Mal. »Soll ich vielleicht den Faktor rufen, damit er dir den Ausgang zeigt?«, fragte er grob.

»Ich gehe«, schnaubte Onkel John, »und ich komme nicht eher wieder, als bis ihr mich auf Knien und Ellbogen darum bitten werdet.«

Es erfolgte ein Gelächter, in das nur Paul und Frau Zarnosky nicht einstimmten. Paul machte ein ängstliches, beinahe verstörtes Gesicht. Frau Zarnosky erhob sich erregt und sagte: »Onkel John, wenn Sie jetzt hingehen und etwa in der Stadt erzählen, dass Paul anfängt, schwachsinnig zu werden, so werde ich Sie nie mehr in meinem Hause dulden.«

Der gute Schwager verklärte sich. »Aha«, sagte er, »diese Tatsache ist Ihnen also doch nicht entgangen?! Aus unsrer Familie hat er das jedenfalls nicht ...« Dabei schlüpfte er aalgeschwind nach der Tür, um sich von dort mit einer spöttischen Verbeugung zu empfehlen. Die angenommene Kündigung hatte er total vergessen.

Richard Zarnosky zuckte nur die Achseln, als sein angenehmer Bruder hinausschlüpfte. Die ganze Familie war an derartige Auftritte mit Onkel John gewöhnt. Frau Zarnosky war meist die einzige, die sich dabei aufregte.

Paul ging auf den Hof, um über das nachzudenken, was der Onkel von ihm behauptet hatte. Da er die Sensibilität seiner Mutter und eine große Fantasie besaß, so hatte ihn die seltsame Behauptung in Unruhe und Angst versetzt.

»War es nicht gestern vor drei Wochen, dass Vater die beiden Rappen kaufte?«, fragte er Rodenberg.

»Ja, das is nu all drei Wochen her«, erwiderte der Kutscher.

»Am ersten wurden sie beschlagen, nicht wahr?«

Rodenberg kratzte sich den Kopf. »Kann sind. Ich weiß nich mehr jenau«, und er trollte sich.

Paul setzte sich auf eine Wagendeichsel und versank in angestrengtes Grübeln; er stellte die schwierigsten Daten in seinem Kopfe fest. Eine der vielen Speicherkatzen sprang ihm auf den Schoß und rieb sich schmeichlerisch an seiner Jacke. Der Junge wollte sie vertreiben, weil ihn das beim Nachdenken störte; aber die Katze klammerte sich fest, freundlich schnurrend und vergnügt mit dem Schwanze wippend. Paul streichelte sie mit abwesender Miene, bis ihm der wippende schwarze Katzenschwanz plötzlich zwischen die Lippen geriet. Da sprang er auf und ließ das Tier fallen, die klebengebliebenen Haare ärgerlich vom Munde wischend.

»Was ist los?«, fragte Onkel Chlodwig hinter ihm.

»Ach nichts. Ich bekam Katzenhaare in den Mund«, erzählte der Junge.

Chlodwig Zarnosky (eine Art Kompagnon seines Bruders Richard) war ein kleiner, gelblicher Junggeselle mit großen Ohren und großen weißen Händen. (Außerdem gab es noch einen vierten Zarnosky, den die Brüder seiner »eigentümlichen Anlagen« wegen nach Amerika verpflanzt hatten.) »Katzenhaare!«, rief Onkel Chlodwig, die großen weißen Hände mit gespieltem Entsetzen zusammenschlagend. »Paul, Junge, du hast doch wohl keins hinuntergeschluckt?«

»Ich weiß nicht«, sagte Paul verwirrt.

»Kind, dann müsstest du ja sterben«, flüsterte Chlodwig mit großen geheimnisvollen Augen. Und nun ging seine Fantasie mit ihm durch. Er sprach dem schon erschreckten Jungen von einem schweren Tode, den heruntergeschluckte Katzenhaare öfters zur Folge hätten. Er schilderte dessen Qualen so genau, als habe er sie schon einmal durchgemacht. Paul lächelte gezwungen. Schwachsinn und Tod, das waren ja nette Aussichten. »Onkelchen, du schneidest auf«, sagte er mit unsicherer Stimme.

Für gewöhnlich gab es keinen liebevolleren Onkel, als den kleinen Chlodwig, den jüngsten der vier Zarnoskys. War er es einmal nicht, dann lag das nur an seiner großen Fantasie. Sobald er merkte, dass er seinen Neffen erschreckt hatte, brach er in lautes Lachen aus. »Paulemännchen«, rief er, »was bist du für ein gläubiger Thomas?! Komm, jetzt trinken wir zusammen Rotwein, das ist das beste Mittel gegen Ängstlichkeit und Katzenhaare!«

John hockte noch immer mit gefalteten Händen auf der Steinbank in der Grätengasse. Aber er dachte nicht mehr an seine Mischung, er hatte sich angelehnt und lauschte den lieblichen dünnen Tönen, die aus einem kleinen stillen Hause kamen. Dort blies ein Pfeifer zu seiner Sonntagserbauung:

»Nachtigall, Nachtigall,
Wie sangst du so schön,
Sangst du so schön ...«

Es war ein Herbstlied, aber es brachte John seinen ganzen Frühling zurück. Seine Kindheit erhob sich bei dieser halbvergessenen Melodie aus ihrem Grabe und zog licht und herrlich an ihm vorüber. »Das warst du einmal«, klang es in ihm. »Warst du einmal«, schien die Pfeife zu wiederholen. Die Erinnerung nahm ihn bei der Hand und ging mit ihm vergessene Wege zu vergessenen Herrlichkeiten. John war aufs Neue geboren. Der einsame Lauscher in der Grätengasse war eine leergewordene Hülle.

Da brach der Pfeifer plötzlich ab – und die auferstandene schöne Zeit sank langsam ins Grab zurück. Die Hülle auf der Steinbank bekam wieder eine Seele. Der Trinker schlug langsam die Augen auf. Wo war alles geblieben? Ein trauriges Grinsen verzerrte sein Gesicht, als sein suchender Blick auf die blauen Oblaten auf seiner Jacke fiel. Das war er jetzt! Und das war kein Traum; es war nicht zu vertreibende Wirklichkeit. Er riss die Oblaten ab und schleuderte sie wild auf die Straße. Aber dann erhob er sich bald und suchte sie wieder auf. Er konnte sie heute nicht entbehren. Beschmutzt waren sie seiner auch noch würdiger.

Die Leute kamen aus der Kirche. Die Grätengasse belebte sich. John setzte sein Imperatorenlächeln auf und machte sich auf den Heimweg.

»Guten Tag, Herr Zarnosky.«

»Diener, Herr Zarnosky.«

John erwiderte die Grüße, indem er jedes Mal zwei Finger nachlässig an die Mütze hob. Als er einen toten Sperling auf der Erde liegen sah, hob er ihn auf und betrachtete ihn. Das Tierchen war so jung, so niedlich und noch ganz warm. »Ein Gruß vom Tode«, dachte der Trinker, und seine Hand bebte, und seine Orden bebten. »Ich komme bald«, schien eine Stimme zu flüstern.

»Bald?«, fragte seine Angst.

Der Osterwind raunte eine tonlose Antwort.

»Ich will nicht!«, schrie es gewaltig in John, denn ihm war, als habe er soeben sein Todesurteil vernommen. Und er hob den Arm und schleuderte den Sperling über den nächsten Zaun. Er wollte nichts vom Tode wissen, nichts mit ihm zu tun haben; er amüsierte sich höchstens über ihn. Sein Leben konnte hundert Jahre währen. Doch die Angst sprach anders in ihm, und ihm war, als stände der Tod schon irgendwo hinter einem Mauervorsprung der Grätengasse, seinen knöchernen Arm ausstreckend, um ihn für immer aufzuhalten. Er torkelte auf den Fahrdamm, um den Mauervorsprüngen auszuweichen; er trabte nach Hause und setzte sich neben die lebenswarme, liebevolle dicke Amalie. Aber die Köchin wurde bald ins Esszimmer gerufen und kehrte mit der unangenehmen Botschaft zurück, dass ihn der Vater zu sprechen wünsche. John machte ein betretenes Gesicht und schlich wie ein armer Sünder hinein.

»Wer hat dich geheißen, mit der Kiste zu gehen?«, fragte ärgerlich der Vater.

»Es hat mir Spaß gemacht«, stotterte John.

»Unterlass diese Späße in Zukunft, hast du verstanden?«

»Ja«, sagte John wie ein artiges Kind.

Herr Zarnosky schneuzte sich, um eine freundlichere Miene zu verbergen. »Was hast du mit Onkel John gesprochen?«, fragte er dann.

»Ich – ich weiß nicht mehr.« John lachte blöde.

»Du weißt nicht mehr? Dann hast du wieder geschwindelt! Ich will wissen, was du zu ihm gesagt hast?«

»Guten Tag hab ich gesagt – und – und in der Kiste wären Patronen.«

Der Vater versetzte ihm gereizt eine Ohrfeige, die mit stiller Tücke hingenommen wurde.

»Wie kannst du nur?!«, rief Frau Zarnosky in vorwurfsvollem, klagendem Tone. »Wie kann man nur einen erwachsenen, schwerkranken Menschen schlagen?!«

»Schwerkrank?«, wiederholte John entsetzt, die Ohrfeige vergessend.

Wenn Frau Zarnosky eine Roheit ihres Mannes rügen oder gutmachen wollte, hatte sie häufig das Pech, nicht minder roh oder wenigstens sehr taktlos zu sein – ohne sich ihres Fehlers immer bewusst zu werden; denn sie war ein wenig denkträge und hielt sich auch für die Vollkommenheit selbst. Johns angstvolle Frage blieb unbeantwortet, weil die Eltern ins Streiten geraten waren, ob der Vater einen erwachsenen Sohn schlagen dürfe oder nicht.

John dachte mit Sehnsucht an Amalie. Die machte ihm keine Vorwürfe, die schalt ihn weder aus, noch erschreckte sie ihn. Die schenkte ihm Geld, wenn er Durst hatte, und tröstete ihn, wenn er traurig war. Die hatte sogar seinen Peter ins Herz geschlossen. Zwar die Mutter war auch gut; aber Amalie war doch noch besser. Still drückte er sich hinaus.

»Herr Johnche trautstes«, sagte die Köchin innig, »haben se inne Stub wiedermal auf Ihnen jepucht?«

Der Trinker schlug mit der Hand. »Die müssen doch immer was haben!«

Er ließ sich auf die Küchenbank fallen, dass es krachte. »Bin müde«, sagte er düster.

»Hätten Se der Kiste doch bloß stehen lassen, junger Herr!«

»Glauben Sie wirklich an Gott?«, fragte John, ins Herdfeuer starrend.

Die Köchin machte ein dummes Gesicht, weil sie nicht gleich wusste, was sie auf diese unerwartete Frage antworten sollte.

»Ob Sie wirklich an Gott glauben?«, wiederholte der Trinker.

»Na jewiss. Natirlich. Ich werd nich?! Wieso fragen Se, Herr Johnche?«

»Fiel mir so ein.«

»Glauben Se man auch«, predigte Amalie, »dann werden Se auch wieder jesund werden. Bloß nich zu viel trinken!«

John schien voller Angst einer andern Stimme zu lauschen. »Hörten Sie nicht?«, fragte er plötzlich.

»Wa–as? Wa–as?«

»Vorher sagte es der Wind. Jetzt sagte es das Feuer.«

»Die können doch nichts sagen.«

»›Ich komme bald‹, sagte es eben.«

»Ich hab nichts nich jehert.«

»Der Tod will kommen«, flüsterte John mit großen angstvollen Kinderaugen.

»Haben Se man keine Angst!«, tröstete die Köchin. »Sie können noch Ihre ganze Familie iberleben. Sie allemal!« Dann öffnete sie die Bratofentür und sagte: »Kommen Se man sehn, junger Herr, wie fein se braten.«

Zwölf Täubchen lagen in Reih und Glied in der Bratpfanne, zwölf angenehm duftende, kleine braune Körperchen, die Amalie mit Stolz und Schweiß auf der Nase vorwies. Johns Miene erheiterte sich beim Anblick der Tierchen. Er ergriff eine Gabel und prüfte, ob sie schon weich waren. Da es sich so verhielt, riss er der größten ein Beinchen aus, blies ein wenig herauf und benagte es dann mit der Miene eines Menschen, der hat, was er braucht. Die Köchin hatte die fetten Hände überm Bauch gefaltet und sah ihm wohlgefällig zu.

»Schmeckt gut?«, fragte sie.

»Ja«, sagte er.

»Vielbeliebt und anjenehm zu heren.«

3.

Auf dem Zarnosky'schen Hof stand ein uralter Birnbaum. Sein Stamm war so stark wie vier feiste Mönche zusammen, und seine mächtige Krone bildete eine Art chinesisches Dach über einem großen Teil des Hofes. Um den Stamm lief ein Tisch und um den Tisch eine Bank; beide wurden viel zum Sitzen benutzt, der Tisch noch mehr als die Bank.

Wieder ging ein Frühlingstag zu Ende. John saß unter dem Birnbaum auf dem Tisch, die Füße auf der Bank, und starrte nachdenklich und versunken in die Abendsonne. Sie schwebte über einem sehr alten rosa Häuschen, das mit dem Giebel an den Hof stieß. Dieser Giebel hatte nur ein einziges Fenster und sonst nichts als seine rosa Farbe. John war froh. Er hatte beschlossen, noch ein drittes Mal in die Heilanstalt für Trinker zu gehen, und dieses dritte und letzte Mal sollte ihn für immer kurieren; denn: er wollte hinterher nie mehr einen Tropfen Alkohol über seine Lippen bringen, das hatte er sich mit den heiligsten Eiden zugeschworen. Und darum hoffte er nun, eines Tages wieder gesund, stark und schön zu sein, er hoffte, einst wieder zu den glücklichsten Menschenkindern der Welt zu gehören. (Mit siebenundzwanzig Jahren hofft man noch leicht, hält man das Wunderbarste für möglich.) Bald nach Ostern wollte er seinen Entschluss kundtun und zur Ausführung bringen. Peter sollte ihn in die Anstalt begleiten. Der Ziegenbock sprang vor seinem Herrn herum und tanzte auf den Hinterbeinen. Plötzlich öffnete er seine kleine schwarze Schnauze, zeigte eine dicke rosa Zunge und schrie aufgeregt: »Mämämämä …!«

»Ich bin deine Mama«, sagte John zärtlich, »deine Mama und auch dein Papa.«

Das Giebelfenster des rosa Häuschens sprang klirrend auf, und ein brauner Christuskopf lugte heraus. »John«, rief er, »soll ich auf den Hof kommen?«

»Ja, komm!«, sagte der Trinker.

Der Mensch mit dem Christuskopf war der Bruder von Onkel Johns Frau, achtunddreißig Jahre alt und schwachsinnig. Sein verstorbener Vater war Superintendent gewesen, und darum bildete er, Johannes, sich ein, zum Mindesten Pfarrer zu sein. Die Verwandten unterstützten seine Torheit, indem sie ihn »Pfarrer« nannten. Sie sagten Pfarrer, anstatt Johannes, sie gebrauchten den Titel wie einen Vornamen. Johannes hatte noch einen Bruder, der weit schwachsinniger war als er selbst. Die beiden Brüder lebten ganz allein mit einer mürrischen Haushälterin in dem alten rosa Häuschen, das ihr Eigentum war. Und sie lebten dort in ziemlicher Dürftigkeit, trotz guter Vermögensverhältnisse; denn Onkel John verwaltete ihre Zinsen, und zwar mehr zu Nutz und Frommen seines Geflügelhofes, als zu dem seiner einfältigen Schwager.

»Friede sei mit dir!«, sagte Johannes würdevoll, als er John die Hand reichte.

»Und der Stock regiere dich!«, witzelte dieser wie gewöhnlich, trotz der abwehrenden Geste des frommen Idioten.

»Hast nich ein Stummelchen? Hast nich, hast nich?«, fragte Johannes, sich fröstelnd die hageren Hände reibend. Er trug wie John eine dunkle Sportmütze, die sich auf seinem lockigen Christuskopf seltsam genug ausnahm. Um den Hals hatte er ein schwarzes Halstuch geschlungen. Sein blauer Anzug war fleckig und abgetragen, die Jacke zu weit, die Hose zu kurz; denn beides hatte einst Onkel John gehört, der stärker und kleiner war.

»Kein Stummelchen?«, sagte Johannes, traurig den Kopf senkend, als John die Frage verneinte. Und wie er so die Mütze abnahm, um sie mit ergebungsvoller Miene ein wenig abzustäuben, da glich er ganz Christus, und John, der ebenfalls die Mütze abgenommen hatte und voll Mitleid von seinem Platz auf ihn herabsah, konnte wohl Pontius Pilatus vorstellen: Christus vor Pontius Pilatus.

»Stummelchen habe ich keine«, wiederholte der Trinker, »aber eine Zigarre habe ich heute für dich.«

Johannes rauchte für sein Leben gern. Er ließ einen Zigarrenstummel nicht früher aus dem Munde, als bis er ihm Bart und Lippen versengte. Man machte ihm jedes Mal eine große Freude, wenn man ihm eine ganze Zigarre schenkte; denn für gewöhnlich musste er sich mit den Stummeln begnügen, die Johns Vater (der einzige Raucher unter den Zarnoskys) für ihn aufhob. Er selbst konnte sich keine Zigarren kaufen, da er kein Taschengeld bekam. Sein und seines Bruders Taschengeld verwaltete die Haushälterin, und zwar mehr zu Nutz und Frommen ihres Sparkassenbuches, als zu dem ihrer schwachsinnigen Pflegebefohlenen. Zuweilen schenkte ihnen die Schwester Zigarren und Delikatessen; aber nur Johannes rauchte, und die Delikatessen aß die Haushälterin auf.

Johannes begann vor Wonne zu stammeln, als John ihm eine schöne lange Zigarre unter die Nase hielt. »Riech mal«, sagte der Trinker. Dann lehnte er sich zurück: »Und nun fang sie auf.«

Der Schwachsinnige hob die Hände, die Zigarre erwartend. Aber John narrte ihn immer wieder, indem er nur so tat, als ob er werfen wolle. Schließlich forderte er den Idioten auf, Gott zu lästern, oder er bekäme sie nicht. John hatte nämlich herausbekommen, dass man Johannes wohl zu diesem und jenem verleiten konnte, aber nicht dazu, Gott zu lästern. »Ein Pfarrer darf das nicht«, entgegnete er dann stets.

Das entgegnete er auch diesmal; doch John ließ es nicht gelten. Er zog eine Schachtel Streichhölzer aus der Tasche und drohte, die Zigarre selbst zu rauchen, wenn Pfarrer es nicht gleich täte. »Liebes gutes Johnche«, flehte der Unglückliche, »gib, gib! Darf ich nich. Darf ich nich.«

Der Trinker biss die Spitze von der Zigarre ab, indem er Johannes wie ein Folterknecht angrinste. »Na, wird's bald?«, fragte er zwischen den Zähnen.

Die Abendsonne legte einen roten Heiligenschein um den lockigen Christuskopf des Idioten. Er stand da, die Hände um die Mütze gefaltet, die Augen wie ein Verschmachtender auf die Zigarre gerichtet. Seine Lippen bewegten sich; aber es kam kein Ton. Er hatte schon tagelang nichts zu rauchen gehabt, und eine ganze Zigarre hatte er schon seit Wochen nicht sein eigen genannt; er zitterte vor Gier nach dem so lange entbehrten Genuss. Dieser Zigarre gegenüber unterlag er der Versuchung, das fühlte er. »Johnche«, flüsterte er mit versagender Stimme, »hab schon was jesacht. Hast bloß nich jehört, hast bloß nich jehört.«

»Das ist nichts. Das gilt nicht«, grinste der Trinker.

Pfarrer bebte wie Espenlaub, und seine Zähne schlugen leise klirrend zusammen. »Er – er – ist, ist – ein Esel!«, stieß er plötzlich ganz kreidebleich hervor, als John schon dabei war, ein Streichholz zu entzünden, und fast schreiend setzte er hinzu: »Aber nur ein ganz kleiner, nur ein ganz kleiner!«

John wollte lachen und konnte nicht. »Das war noch nichts Rechtes«, sagte er beinahe verlegen, »aber für diesmal wollen wir es gelten lassen. Hier!«

Johannes pflanzte die Zigarre glückselig in den Mund. John gab ihm Feuer.

Obgleich dieser mit den beiden Schwachsinnigen gern allerhand seltsame und boshafte Experimente vornahm, tat er doch mehr für sie als ihre nächsten Anverwandten. Wenn sie sich bei ihm über die Haushälterin beklagten, ging er auf der Stelle hin und stellte sie unter den heftigsten Drohungen zur Rede. Die sonst sehr unerschrockene Person hatte einen gewaltigen Respekt vor John, ja, sie zitterte förmlich vor ihm, da sie ihn zu allem fähig hielt. Zweimal in jeder Woche ging er im rosa Häuschen das Essen kosten. War es nicht gut, dann bekam die Haushälterin die Drohung zu hören, dass er sie wegen Veruntreuung und Diebstahl anzeigen werde. Johannes und Markus bewunderten Johns Mut aufs Tiefste; er war ihr Held, ihr Ideal. Und da er sie, die ewig Hungrigen, oft satt machte, darum liebten sie ihn wie einen Vater und nahmen seine Neckereien und Quälereien so ruhig und ergeben hin, wie der Türke die Schicksalsschläge.

Die Abendsonne glitt langsam am glasblauen Himmel herab, glutrot und groß. Johannes hatte sich neben John auf den Tisch gesetzt und dampfte wie ein Pascha. Er wäre jetzt der glücklichste Mensch der Welt gewesen, wenn er nicht die Gotteslästerung hinter sich gehabt hätte. »Johnche«, fragte er leise, »meinst, er hat jehört? Meinst? Meinst?«

»Was wird er nich jehört haben?!«, entgegnete dieser. »Der hört doch alles!«

»Johnche, du lachst …?«

»Na, vielleicht hat'r auch nich jehört. Vielleicht schlief'r auch schon. Is doch'n alter Mann.«

»Hast recht! Hast recht!«, sagte aufatmend der Idiot.

Sie starrten beide nach den roten Abendwolken, die ganz seltsame, fantastische Formen hatten. Springenden Pferden mit Hörnern und Krallen ähnlich, wandelten sie langsam durchs Himmelsblau.

»Möchtest du da reiten?«, fragte John mit einer Kopfbewegung nach oben.

»Jefährlich, jefährlich«, meinte Johannes.

»Wenn es aber ins Paradies ginge, Pfarrer?«

In die Augen des Schwachsinnigen kam ein sehnsüchtiger Ausdruck. »Ins Paradies?«, wiederholte er verträumt. »Ach ja, Johnche, da möcht' ich jleich hin.«

»Ei, wenn es da nichts zu rauchen gibt?«

Johannes kicherte blöde los. »Wird schon, wird schon«, meinte er, »da jibt's doch alles umsonst. Zigarren – Bratäpfel – Glacéhandschuhe …«

»Weißt du was?«, sagte der Trinker, die Frühlingsluft schlürfend. »Ich werde wieder gesund werden. Ich geh nach Ostern in eine Anstalt und komm gesund zurück.«

Pfarrer sah ihn ehrfurchtsvoll an. »Ja? Ja?« Und dann ließ er nachdenklich den Kopf hängen, hüllte sich in Rauchwolken und schwieg.

Nachdem er geraume Zeit still vor sich hingebrütet hatte, bat er John verlegen und zaghaft, ihn doch in diese Anstalt mitzunehmen.

»Wieso?«, fragte John.

Der Schwachsinnige errötete wie ein junges Mädchen und wollte nicht mit dem Grunde herausrücken. Endlich kam es halb gestammelt, halb geflüstert: Er möchte auch gern gesund werden: klug werden. »Nich mehr Idiot, nich mehr Idiot!«, rief er klagend. Darauf senkte er das erblasste Gesicht wie jemand, der die Wirkung seiner Worte nicht abzuwarten wagt.

Schweigen.

»Das geht nicht«, sagte John kurz. »Oder – du müsstest sterben. Die Toten sind alle klug.«

»Sterben?«, stotterte Johannes erschreckt und enttäuscht. »Neinein! Lieber nich, lieber nich! Noch e bissche warten, noch e bissche warten!«

John lachte kurz auf. Und seine Lippen brannten rot in der sinkenden Sonne. Er legte den Kopf auf eine Seite und begann leise zu pfeifen. Es klang, als ob ein Vogel lockte. Es klang nach Frühlingslust und Lebensgier. Es war ein Lied von der einzigen Wonne – zu leben.

4.

Die beiden Ausreißer sahen sich an und lachten. Es war nicht leicht gewesen, die Reise zu unternehmen, da sie im Geheimen vor sich gehen musste; denn man hätte John, krank wie er war, nie gestattet, mit Johannes einen Ausflug zu unternehmen. Nun freuten sich beide, dass alles so wohl gelungen, und dass sie nun da waren, wo sie hingewollt. Obgleich die Fahrt nur eine Stunde gedauert hatte, fühlte sich John doch sehr angegriffen, als er mit seinem Gefährten aus dem Zug stieg. Hinter dem ersten Zaun musste ihm Johannes die große Flasche Kognak reichen, die sie mitgenommen hatten, und nun goss er Kognak wie Wasser in sich hinein. Darauf lachte er wieder über das ganze Gesicht, und Johannes wieherte aus vollem Halse, weil er das für schicklich hielt, wenn sein Ideal fröhlich war. John fasste ihn unter und schritt würdevoll mit ihm weiter. Sie waren ein seltsames, auffallendes Paar. Der Trinker hatte sich in der Eile mit einem alten hellgelben Winterüberzieher bekleidet, der übermäßig kurz war und stark nach Naphthalin roch. Sein dicker Schädel schien die Kopfbedeckung sprengen zu wollen. Das kleine, steife, schwarze Hütchen saß da, als müsse es jeden Augenblick herunterhüpfen oder bersten. Pfarrers lange, hagere Figur zierte ein großkarierter alter Reisemantel von Onkel John. Auf dem Kopf trug er die unvermeidliche Sportmütze, da er keinen Hut besaß. Halb Engländer, halb Christus schleppte er eine umfangreiche Reisetasche, die die Kognakflasche und eine Menge Mundvorrat enthielt – für den Amalie im Geheimen gesorgt hatte.

Der Apriltag war so warm und golden wie ein Maientag. Es schien nicht Ostern, es schien Pfingsten zu sein; die Natur war so weit wie sonst nur im Mai. Die Obstbäume blühten schon hier und dort, und die Butterblumen glänzten überall wie kleine Sonnen im Gras. Das junge Birkenlaub glich flachen, goldgrünen Blüten, die ein leise wehender Wind in fortwährendem Zittern erhielt. Das sah nun aus, als hingen zahllose, lautlos schwingende Glöckchen an den Birkenzweigen. John und Johannes schritten durch eine Allee solcher Glöckchenbäume. Niemand begegnete ihnen. Hier und dort blickten bunte Strandvillen über nahe und ferne grüne Hecken. Johannes hatte in seiner Brusttasche ein Paar weiße Glacéhandschuhe, die er für sein Leben gern aufgezogen hätte; aber John erlaubte es ihm nicht. Die beiden schwachsinnigen Brüder schwärmten einträchtig für weiße Glacéhandschuhe – und Bratäpfel, besonders aber für weiße Glacéhandschuhe. Die ihnen jetzt niemand mehr schenken wollte. Als der Vater noch lebte, hatten sie solche Handschuhe zu Dutzenden bekommen; aber jetzt –! Immer wieder mussten sie alte Paare mit Benzin reinigen, wenn sie das sehnsüchtige Verlangen hatten, sich irgendwo mit weißen Glacéhandschuhen zu zeigen.

Die Allee endete auf der Düne, von der eine uralte Treppe aus breiten Steinen und mit wackligem Holzgeländer durch eine lange, winklige, baumreiche Schlucht zum Strand hinabführte.

»Steigen wir 'runter?«, fragte John.

»Jefährlich, jefährlich«, meinte Johannes.

Sie standen Arm in Arm und blickten mit Scheu und Bewunderung über die halbdunkle Schlucht hinweg auf die weite, weite, blaue See.

»Große bunte Käfer, schöne bunte Käfer«, sagte Johannes, mit vergnügtem Lachen auf die Osterausflügler zeigend, die bienenemsig am Ausgang der Schlucht auf der Mole herumkrabbelten.

»Erst essen wir etwas und dann steigen wir auch herunter«, sagte John und setzte sich auf die nächste Bank.

Pfarrer folgte ihm mit verklärter Miene. »Essen« war und blieb doch das Schönste für ihn. Seine langen, hageren Hände sofort in die Tasche grabend, brachte er Päckchen auf Päckchen zum Vorschein. Der Trinker griff zuerst nach der Kognakflasche und tat aufs Neue einen langen, tiefen Zug. Johannes entkapselte für sich einen Zitronensprudel, zu dem er eine Serie harter Eier genoss. John hatte wenig Appetit, da das Mittagessen noch nicht weit zurücklag. Bei Johannes machte das nichts aus; der konnte schon wieder wie ein Drescher einpacken. Er stieß ein unwilliges Knurren aus, als John »Genug!« ausrief. Was war ihm Schlucht, was war ihm See, wenn neben ihm eine Tasche mit den schönsten Esswaren stand.

Arm in Arm, langsam und ängstlich wie der Lahme mit dem Blinden, begann das Paar den Abstieg. Auf der halben Treppe mussten sie schon rasten, weil John die Luft ausging. Mit bläulichem Gesicht sank er auf die Stufen nieder, und Johannes musste ihm wieder die Kognakflasche reichen. »Da haben wir den Salat«, sagte John, melancholisch ins Grüne spuckend. Der Schwachsinnige nahm ein paar Stufen tiefer Platz und zog sich heimlich einen weißen Handschuh auf. Jeden Augenblick konnten Leute die Treppe herauf- oder herunterkommen, Leute mit neugierigen Augen – ohne weiße Glacéhandschuhe. Pfarrer wollte ein bisschen »feiner Mann« spielen. Es dauerte auch nicht lange, so kamen zwei junge Mädchen die Treppe heruntergekichert. Helle Kleider, flatterndes Haar. »Scheene Kinder«, schmunzelte Pfarrer, die weiße Hand wie einen Fächer bewegend. John fuhr fort, ins Grüne zu starren. Was gingen ihn diese Mädchen an?! Ja, wenn Peter gekommen wäre –! Es tat ihm sehr leid, dass »der Junge« zu Hause sein musste. Die Mädchen girrten wie Tauben, als sie an dem seltsamen Paar vorübersprangen. Gleich danach platzten sie los. Ihr Lachen rieselte die Schlucht herauf und herunter, und das Echo gab es verhaltener wieder.

Und die Vögel sangen, und die Wellen riefen, und es duftete das Laub. Es war ein Frühlingstag, wie es nicht viele gibt; die Welt war so schön wie ein Traum. Selbst Johannes empfand das. Unwillkürlich nahm er die Mütze ab und saß barhäuptig da, als sei er der Natur diese Ehrfurcht schuldig.

Nach einer halben Stunde waren sie unten und schritten Arm in Arm bis zum Ende der Mole, wo es ganz menschenleer war, und nur die Wogen, gleich wilden Pferden, mit lautem Geschrei und hochflatternden weißen Mähnen dahergestürmt kamen. Die Mole war schmal und kroch wie eine graue Schlange am Fuß der steilen, beinahe ockerfarbenen Dünenwand entlang, von der hier und da der gelbe Sand, leise klirrend, herunterrieselte. Auf der Höhe standen große Bäume, und einer von ihnen neigte sich weit über die Düne, als müsse er herunterschauen oder als sei er im Begriff herabzustürzen. Der Himmel war afrikanisch blau über dem leuchtenden Gelb der steilen Sandwand.

John war, als fahre die Mole unter ihm davon, als sie stehen geblieben waren und auf das Wasser blickten; sich auf Johannes stützend, schloss er erschreckt die Augen. Nun fuhr er mit; die Mole und die ganze Welt schien langsam mit ihnen davonzufahren. John hielt sich an Johannes, wie der Schiffbrüchige am Mast, und auf einmal glitt er lautlos zu Boden. Ein Schwindelanfall, der nur langsam vorüberging. »Ich bin schläfrig«, sagte er schließlich auf Pfarrers angstvolles Fragen mit seiner gewöhnlichen Stimme, und er streckte sich aus und ließ die Sonne auf seinen gelben Wintermantel brennen.

Der Schwachsinnige strich ratlos seinen Christusbart, er blickte scheu auf das große Wasser, dem er nun ganz allein gegenüberstand; am liebsten wäre er nach Hause gelaufen. Nach einer Weile hockte er sich neben seinem bereits schnarchenden Freunde nieder, der See den Rücken zudrehend, und sah unentwegt auf die Reisetasche: Ihr Anblick war ihm eine Oase in der Wüste. Den Handschuh hatte er längst wieder abziehen müssen. John hatte ihm vor allen Leuten mit einer Backpfeife gedroht, wenn er es nicht auf der Stelle täte. Es war ihm nichts anders übrig geblieben, als zu gehorchen.

Pfarrers Fantasie sah auf der Tasche einen Mädchenkopf mit großen, lachenden Augen. Pfarrer hatte sich wieder einmal verliebt. Das eine der beiden Mädchen, die auf der Treppe an ihm vorübergesprungen, hatte es ihm angetan. Und nun glaubte er, sie immer wieder kichern zu hören; es war aber nur der Sand, der so klirrend von der Düne rieselte.

Es rieselte ... es rieselte, und die Wogen warfen sich mit eintönigem Geschrei gegen die Mole. Pfarrer legte das Gesicht auf die Reisetasche, da, wo er sich den Mädchenkopf dachte, und brummelte sich in den Schlaf.

Die Wellenpferde kamen laut herangejagt, sprangen an der Mole hoch und brachen fauchend zusammen; neue kamen, sprangen an der Mole hoch und brachen fauchend zusammen; neue kamen ... und die Sonne sah ihnen strahlend zu und segelte majestätisch ihren Weg.

Es war gegen halb sechs, als John endlich aufwachte. »Dore! Kaffee! Kaffee!«, brummte er.

»Kaffee! Kaffee!«, echote der Idiot.

John sah sich betreten um. »Pfarrer«, stotterte er, sich die Augen reibend, »was ist das hier?«

»Ostsee! Ostsee! Ostsee!«

Der Kranke verzog das Gesicht. »Ich säße jetzt lieber zu Hause«, sagte er missmutig.

»Ich auch! Ich auch!«, sagte Johannes.

»Da hinauf komm' ich heut' nicht mehr«, murmelte John, auf die Düne zeigend.

Johannes verfärbte sich. »Bleib nich! Bleib nich!«, rief er entsetzt. »Graurig hier! Graurig hier im Dunkeln!«

»Ich werde schon Mittel und Wege finden, dass wir vor acht auf dem Bahnhof sind«, versetzte der Trinker mit seinem Imperatorenlächeln.

Und der Schwachsinnige vertraute seinem Ideal. »Is gut! Is gut!«, sagte er beruhigt.

John versuchte nun fröhlich zu sein; aber es wollte ihm nicht recht gelingen, und je näher der Abend kam, desto stiller wurden sie alle beide. Johannes begann wieder zu essen; doch diesmal ohne Genuss: Die große Nähe des weiten, lärmenden Wassers bedrückte zu sehr sein Gemüt. Und John bedrückten Todesgedanken. Er kam sich vor wie ein Sterbender, der sich noch einmal in die Sonne gesetzt, der das Meer und die Sonne noch einmal sehen wollte, um von ihnen Abschied zu nehmen. Das Gebrüll der Wogen hatte seine Fröhlichkeit verloren.

Sie klagten jetzt immer lauter und lauter und hohler: eine tragische Musik. John lehnte sich schwer an die kalte Dünenwand mit dem rieselnden Sande. Er hatte einen Ton im Ohr, der aus der Ferne zu kommen schien, aus einer Ferne, die nicht auf Erden war. Der Tod schlug mit der Sichel an. »Ich komme bald!«, klang's aus der Ferne.

»Ich verreise nächstens«, sagte John plötzlich.

»Weiß! Weiß!«, murmelte Johannes.

»Nicht in die Anstalt«, sagte der Trinker.

Der Schwachsinnige wieherte geheimnisvoll, so, als wisse er über alles Bescheid.

»Weißt du, zu wem?«, fragte John.

»Zu wem? Zu wem?«, stotterte Johannes.

»Zum Tode – Pfarrer.«

Der Idiot lachte verblüfft und ängstlich. »Ach ja –?!«, sagte er mit ungläubiger Miene. Und dann halb scherzhaft, halb wissbegierig: »Hat er einen Garten? Einen Garten?«

»Einen großen«, erwiderte John, »mit einer hohen, blutroten Mauer herum.«

»Äpfel? Äpfel im Garten?«

»Nee! Mohnblumen, nichts als Mohnblumen.«

»Was tust mit Mohnblumen?!«, sagte Johannes in wegwerfendem Tone.

»Du riechst sie«, murmelte John, »und dann vergisst du das Leben: alles, was dich geplagt hat.«

»Will nich verjessen! Will nich!«, brummte Johannes trotzig.

»Aber eine Zigarre würdest du wollen, was?«

»Ja«, sagte der Schwachsinnige, treuherzig wie ein Kind.

Er bekam eine und sog wie ein Rasender an dem dicken, etwas feucht gewordenen Stängel, ohne ihn in ordentliches Glimmen zu bekommen. John lachte über Pfarrers verzweifelte Anstrengungen, aber seine Augen sahen nach Tränen aus; denn seine Schmerzen meldeten sich, und es begann ihn auch zu frieren, da die Sonne hinter großen Wolken verschwunden war. Die Wolken waren, kaum bemerkt, herangezogen und standen nun wie Elefanten am Himmel, See und Land beschattend und die Mole mit den beiden traurigen Träumern.

»Warum ließen sie mich zum Säufer werden?«, stieß John nach langem Schweigen zwischen den Zähnen hervor.

Der Schwachsinnige wieherte kläglich.

»Warum ließen sie es zu?«, wiederholte John fast schreiend in herzzerreißendem Tone.

»Iss! Iss!«, stammelte Johannes in ratloser Bestürzung.

Die Elefanten schickten einen kurzen, klingenden Hagelgruß herunter, auf den ein harter, rascher Regen folgte. Die Tropfen tanzten zischend über die Frühlingssee und klapperten rhythmisch auf der Mole. Dann wurde es wieder still. Die Sonne schob ihr gelbes Kinn um die Ecke einer Wolke, und ein Regenbogen flammte groß und strahlend am dunklen Himmel auf. Das war das Finale des kurzen Konzertes.

Auf John und Johannes wirkte der Regenbogen wie Regimentsmusik. Sie reckten sich die Hälse nach ihm aus und machten frohe Augen und schüttelten lachend den Regen ab, dem sie ganz regungslos standgehalten. »Es ist Zeit, dass wir aufbrechen«, sagte John nach einem tüchtigen Schluck aus der Kognakflasche, und nun musste Johannes die Tasche nehmen, und dann ging es zu seinem Erstaunen von der Mole herunter, immer weiter in die Fremde hinein. Es war nicht leicht, durch den nassen Sand zu wandern, über diesen schmalen Strand, den von der Düne gestürzte Bäume und große Steinblöcke versperrten. Johannes wurde immer kleinlauter; John lachte, obgleich ihm die Schweißtropfen auf der Stirn standen. Doch der Schwachsinnige vertraute auch jetzt seinem Ideal. Er fragte nicht einmal: Wohin gehen wir eigentlich? Gehen wir hier zur Bahn? Er trabte schweigend mit, die tote Zigarre im Munde.

So ging's bis zur nächsten Ecke der Dünenwand, hinter der zu Pfarrers Freude die Bodenerhebung sich senkte. Man hatte die Düne auf dieser Stelle bis zu einer sanft ansteigenden schiefen Ebene erniedrigt, eine Ebene, die die Fischerkinder dazu benutzten, um darauf in Purzelbäumen zur See herunterzuschnellen.

Drei Jungen waren eben dabei, auf diese Art den Abstieg zu machen, als John und Johannes, fremdartig wie die Weisen aus dem Morgenlande, auf der Bildfläche erschienen. »Ziert euch nicht!«, rief der Trinker. »Immer runter was die Büxen halten!«

Sechs braune Beine schnellten hurtig durch die Luft, und bald standen drei sommersprossige, weißblonde Bengels in blauen Hosen auf dem Strande. »Jungens, habt ihr nicht einen Handwagen?«, fragte John leutselig.

Es kam heraus, dass die Eltern von Tiburzigs Franz einen hatten, einen ganz neuen, auf dem ein Mensch bequem sitzen konnte. Tiburzigs Franz versprach, ihn zu holen, und für fünfzig Pfennige wollten die Jungen das Paar in die Höhe fahren.

Johannes zog es vor, zu Fuß zu gehen, und nur John stieg in die Kutsche, stolz und gelassen wie ein Triumphator. Ein Dutzend schmutziger Fischerkinder schrien hopsend »Huhraaah!«, als die Fahrt losging. John lächelte huldvoll nach allen Seiten, und manchmal sah er nach der Regenbogenbrücke auf, und manchmal sah er nach dem Meer zurück. Die Wogen schwankten bacchantisch ihren Weg; sie schwankten, hoch und voll, schwarzgrün und gläsern, mit weißem Schaum und roten Flecken unter dem breiten Lächeln der sinkenden Sonne dem stillen Strand entgegen.

Und das Grün der Gärten schimmerte wie Smaragd nach dem Osterregen, und der Flieder duftete schon vor dem Blühen. Es war ein Frühlingsabend, wie es nicht viele gibt; die Welt war so schön wie ein Traum.

5.

Peter war verschwunden. Am zweiten Osterfeiertag, als John und Johannes an der See waren. Das war ein Herzeleid für John. Er schickte immer wieder Leute auf die Suche nach ihm aus, er annoncierte seinen Verlust immer wieder in den Zeitungen; es nützte alles nichts: Peter blieb verschwunden. Und die Frühlingstage kamen und gingen, und John dachte nicht mehr daran, in die Anstalt zu gehen; er dachte nur an seinen verlorenen Liebling. Er betrauerte ihn wie einen Sohn, er fand nicht Ruh bei Tag und Nacht, wenn er sich das Tier in schlechten Händen vorstellte. Seine Liebe zu Peter wuchs ins Grenzenlose, ins Abnorme. Und er trank vom Morgen bis zum Abend, um seinen Kummer zu betäuben.

Doch eines Morgens erwachte er mit heiterer Miene. Sein Gesicht war ganz nass von Tränen; aber seine Augen strahlten. Noch vor dem Aufstehen schickte er nach Johannes, weil er ihm etwas sehr Schönes und Merkwürdiges mitzuteilen habe.

Der Schwachsinnige trat mit weißen Glacéhandschuhen an und war so neugierig wie hungrig. Doch beim Anblick von Johns Frühstück verließ ihn die Neugier und nur der Hunger blieb; er vermochte kein Auge von dem besetzten Tablett zu lassen. John sah ein, dass Johannes nicht imstande sein würde »das Wunderbare« zu würdigen, ehe er nicht gefrühstückt hatte. Rasch auf das Tablett zeigend, hieß er ihn essen, so schnell er konnte.

Der Schwachsinnige griff zu, als habe er schon tagelang fasten müssen. John heftete die verschwimmenden Augen auf die verräucherte Decke und wartete, die wachsgelben Hände wie zu einem Dankgebet auf der Decke gefaltet, bis Johannes mit dem Frühstück fertig war. Dann hub er an:

»Mir träumte, dass wir beide auf den Kirchhof gingen.« (Johannes nickte beifällig. Auf den Kirchhof ging er gern. Ohne dass John es merkte, hob er mit angefeuchteten Fingerspitzen Krümel auf, um sie heimlich in den Mund zu stecken.) »Ein herrlicher Traum!«, flüsterte der Trinker. »Der ganze Kirchhof war bunt von Blumen – und wir suchten Peters Grab. Er sollte dort begraben sein. Und als wir zu dem Winkel kamen, wo jetzt die vielen Vergissmeinnicht blühen, da stand er plötzlich vor uns. Viel größer als früher und so schön, so schön! Sein Fell strahlte wie schwarzes Metall, und seine Augen waren wie kleine blaue Monde, und am Halse trug er eine große Passionsblume. Wir hatten Angst, ihn anzufassen; aber da kam er auch schon auf mich zu und auf einmal – auf einmal sagte er: ›Vater!‹«

Johannes wieherte ganz verdutzt. »Wirklich wahr? Wirklich wahr?«, fragte er ungläubig.

»Er sagte Vater – ich höre es noch. Und dann sagte er, es gehe ihm gut; er sei nun tot und habe alle Quälereien hinter sich. Und ich soll mich nicht mehr um ihn grämen.«

Johannes blickte John ratlos an. Verlegen seinen Christusbart streichend, bemühte er sich schweigend mit der Zunge nach einem Krümel in einem hohlen Zahn. Er sah recht einfältig dabei aus. »Jehn wir heut spazieren?«, fragte er demütig.

»Ja«, sagte John, die Augen wieder nach oben richtend, »wir gehen heute auf den Kirchhof. Nach dem Vergissmeinnichtwinkel. Vielleicht erscheint er uns dann noch einmal – noch einmal ...« Es sprach eine solche Sehnsucht aus diesen beiden Worten, dass selbst Johannes ergriffen war. –

Aber der Winkel blieb leer. Kein Peter kam, so sehr ihn John auch rief. Da ließ er sich auf eine Bank fallen und weinte wie ein Kind. Und es war ein so lieblicher Maiennachmittag. Auferstehung, Auferstehung glänzten Blätter und Blumen, und die Vögel, die über den Kirchhof flogen und auf den Bäumen saßen, erzählten zwitschernd und singend von der Süße des Lebens.

Nicht weit von dem traurigen Paar saß ein kleiner, buckliger Mann. Er saß auf einem Holzgestell vor einem Kreuz, dessen Inschrift er frisch bronzierte. Er pfiff langsam und selbstgefällig ein Kirchenlied, wobei er seinen runden schwarzen Kopf wie eine Kugel zwischen den hohen Schultern hin und her rollte.

»Hör schon auf!«, brüllte John, als das fromme Lied kein Ende nahm.

»Na nu', Gott geb! Man wird doch wohl noch pfeifen dürfen!«, brummte der Bucklige, und dann brummte er noch einiges, was unverständlich blieb, und dann versank er in tückisches Schweigen. Doch von Zeit zu Zeit spie er heftig auf die Erde, wodurch er John seine Verachtung ausdrücken wollte.

Das reizte den Trinker und zog ihn von seinem Kummer ab. Er begann, dem Buckligen Prügel anzubieten, wie er es in früheren Jahren so rasch zu tun pflegte. Er prahlte mit Kräften, die er schon lange verloren. Er stärkte sich mit Kognak und wischte sich ärgerlich die Tränen vom Gesicht.

Warum heulte er denn noch immer? Peter ging es doch gut, und er hatte ihn doch selbst gebeten, sich nicht länger um ihn zu grämen. Es war allerdings entsetzlich schwer, das Tier zu entbehren – (große Tränen kamen aufs Neue) – aber die Hauptsache war doch, dass es ihm gut ging. Und es ging ihm gut. Peter hatte es ja selbst gesagt.

Nun standen sie auf, um nach Hause zu gehen. Peter konnte wohl doch nicht erscheinen. Als sie an dem Buckligen vorüberkamen, gab John dem Holzgestell, auf dem er saß, einen heimlichen Stoß, und der kleine Mann kollerte zeternd herunter. Das erheiterte John und stimmte ihn versöhnlich. »Wie kam das nur?«, fragte er, sich unschuldig stellend. Und dann setzte er sein Imperatorenlächeln auf und sagte mit herablassender Herzlichkeit: »Na lassen Se sich mal ordentlich abstäuben.« Nachdem er es mit aller Sorgfalt getan hatte, verließ er mit Johannes den Kirchhof.

Am alten, grauen, zweistöckigen Offizierkasino blieben sie stehen und lauschten. Innen erklang eine elegische Musik. Im zweiten Stock standen einige Fenster offen, und aus dem einen ergoss sich plötzlich der feuerrote Vorhang wie ein breiter Blutstrom.

»Sieh«, flüsterte John, »eben dacht ich, wie rot Peters Blut wohl gewesen sein mag. Da kam der Vorhang heraus.«

Johannes wollte weitergehen, aber John stand und starrte wie gebannt auf den roten Strom. »Mir ist ganz sonderbar«, sagte er, »mir ist, als gehöre ich gar nicht mehr zu euch, als bin ich schon von einer andern Welt … Weißt du, Pfarrer, ich seh' und höre nicht mehr wie früher; ich seh' und höre andre Dinge als ihr. Und was ich weiß, das wisst ihr nicht, und ich vermag es euch auch nicht zu sagen.«

»So? So?«, stotterte der Schwachsinnige.

Und John fuhr fort, nach oben zu starren, grelles Sonnenlicht auf dem fahlen Gesicht. Aber da wurde der Vorhang hereingezogen, und die Musik verstummte. »Geh'n wir!«, sagte er nun in alltäglichem Tone.

Die Straße war breit und alt und auf der einen Seite mit großen Kastanienbäumen besetzt. An einem Gartenzaun hüpfte ein junger Spatz herum, der noch nicht fliegen konnte und jämmerlich piepste. »Hände weg!«, herrschte John die beiden Jungen an, die um den Vogel herumsprangen, und er bückte sich und fing ihn ein. »Den zieh ich auf, bis er fliegen kann«, sagte er, voller Freude über die unerwartete Aufgabe.

Frau Kalnis stellte er den Spatz als Peters Brüderchen vor. Doch dann entdeckte er, dass das Brüderchen ein Schwesterchen war. Er gab ihm einen Kuss und taufte es Mimi. Mimi sollte gleich zu essen haben. John wusste, wie man junge Vögel fütterte. Aber er fühlte sich so schwach nach dem Spaziergang, dass er sich hinlegen musste. Dore fütterte Mimi unter großem Wortschwall mit angefeuchteten Kuchenkrümeln. John meinte, wenn Dore einmal stürbe, würde es wohl notwendig sein, ihr Mundwerk noch extra mit einem Waschholz totzuschlagen, wenn man es still kriegen wollte. Dann lag er ganz apathisch da, den Vogel auf der Hand, schwermütig an Peter denkend.

Mimi senkte den Kopf ins Federmäntelchen und schlief ein. Ihr Figürchen hockte wie ein kleiner grauer Pompon auf Johns Hand. Es dauerte indessen nicht lange, so wurde sie wieder munter und begann, sich mit dem kleinen Schnabel die kleine Brust zu kratzen. »Flöhchen hat du auch?«, sagte John entzückt, an Peter denkend. Er wollte ihr beim Kratzen helfen, doch Mimi mochte es nicht; John war ein Herr und sie ein Fräulein.

Gegen Abend zeigte Mimi durch eifriges Schnabelaufsperren an, dass sie schon wieder Hunger habe. Der Trinker erhob sich willfährig wie ein junger Vater, der ein hungriges Baby zu füttern hat. »Kuchen mit Milch tut's nicht allein«, dachte er, »ein bisschen frischer Braten ist ihr notwendiger.« Eifrig machte er sich ans Fliegenfangen, und es gelang ihm auch, ein halbes Dutzend Fliegen zu erwischen. Mimi aß sie alle auf, indem sie nach Johns Dafürhalten vor Vergnügen schmatzte.

Und nun galt es, ihr ein hübsches weiches Nest zu machen. Es sollte ein Nest sein, das dem Spätzlein die Illusion zu geben vermochte, es schliefe unter einem schönen Blätterdach. John formte zuerst das Nest aus einem weichen, grünen Tuch, in einem friedlichen Winkel seines Zimmers, und dann umzingelte er Dores Fächerpalme mit der Schere, um das Blätterdach zu ergattern. Die Fächerpalme war Dores elegantestes Möbelstück, sie liebte und pflegte sie wie ein Kind; niemand durfte sie berühren. Dessen ungeachtet gelang es John, ihr ein herrliches Blatt abzuknipsen, das er dann gleich einem Schirm über Mimis Ruhestätte befestigte. Dore raste, als sie die Tat entdeckte, Dore ärgerte sich die halbe Nacht darüber. Aber Mimi schlief gut unter ihrem grünen Thronhimmel.

Auch John schlief gut in dieser Nacht. Er träumte nicht wie gewöhnlich, dass ihm der Tod in der Ferne eine traurige und eintönige Musik vorspiele, oder dass ihn dunkle Männer schon hinaustragen wollten; er träumte von Mimi, von Fliegenbraten und Vergissmeinnicht. Doch einmal träumte er auch, dass Mimi in einem Winkel totgetreten läge. Da fuhr er auf – und freute sich, erwachend, dass es nur Trug gewesen.

Als Dore früh am Morgen ihre Tür öffnete, sah sie John im Hemd auf der Diele liegen und den Vogel füttern. »Sie hatte schon Hunger«, flüsterte er, seinen Spatz mit zärtlichen Blicken betrachtend.

»Sie werden sich aber erkälten«, wandte Dore ein.

»Was tut's«, murmelte er, ganz hingerissen von der Lieblichkeit des kleinen Vogels.

Mimi begann, auf der Diele herumzuhüpfen und zierliche Flugversuche zu unternehmen. John stieg wieder ins Bett und sah ihr herzinnig zu. Sie hüpfte herum, sie flatterte ein bisschen, und manchmal stieß sie niedliche Tönchen aus. »Hörten Sie, Frau Kalnis?«, fragte John jedes Mal entzückt, wenn Mimi einen kleinen Zwitscher tat.

Draußen musizierten die Vögel auf dem Birnbaum, was sie konnten, jeder auf seine Art. Mimi übte sich im Fliegen und ließ, antwortend, ihr feines Stimmchen ertönen. Dore ging geschäftig hin und her, ihr Zimmer reinmachend. John schloss die Augen, um besser lauschen zu können, und schlummerte dabei gegen seinen Willen ein. Als er sie wieder öffnete, war alles still im Zimmer; von Mimi nichts zu hören, nichts zu sehen. »Frau Kalnis«, rief er ängstlich, »seh'n Sie doch mal nach, wo der Vogel ist! Ich war eingeschlafen.«

Dore erschrak, denn sie hatte den Vogel über ihrer Arbeit ganz vergessen. Als sie suchend umherblickte, sah sie ihn still und steif auf ihrer Schwelle liegen. »Herrgott, den werd' ich wohl betreten haben!«, rief sie bestürzt.

»Aber doch nicht sehr?«, schrie John, an seinen Traum denkend.

»Er ist tot«, flüsterte Dore, aufrichtig betrübt.

John sprang aus dem Bett und packte sie erregt an den Schultern. Dore wollte den Spatz, erschreckt, durchs Fenster werfen, aber John riss ihn an sich und ging mit ihm ins Bett. Dort hielt er Mimi, so still er konnte, auf seiner zittrigen Trinkerhand, und seine Tränen fielen dicht und warm neben den sterbenden Vogel. Mimis kleiner Schnabel stand weit offen, und aus dem Halse quoll Blut. Das eine Auge hing wie ein kleiner, bläulicher Globus ganz und gar aus dem Kopf heraus.

Das Körperchen zuckte noch ein paarmal, und dann streckte es sich langsam aus: Mimi war tot. Draußen zwitscherten die Vögel, was sie konnten; aber kein feines, dünnes Stimmchen gab mehr Antwort im Zimmer.

John begrub seinen Vogel eigenhändig in einem schönen Kästchen unter dem Birnbaum. Er tat es selbst, damit es so gut wie möglich geschah. Und ihm war, als begrabe er in dem Kästchen seine allerletzte Freude auf Erden, als sei nun alles, auch alles für ihn zu Ende. Die Sonne schien so schön, und der Birnbaum regnete weiße Blüten – alles für andere, für ihn nichts mehr; keine Schönheit und keine Freude: Seine Zeit war abgelaufen. Mit hängendem Kopf humpelte er in seine Wohnung und legte sich schweigend ins Bett.

Dore kam leise mit der Bibel zu ihm herein. Ohne zu fragen, begann sie mit gedämpfter Stimme sein Lieblingskapitel: das Hohe Lied. John schwieg, das Gesicht nach der Wand gedreht. Aber als Dore den Vers gelesen hatte:

»Ich bin hinab in den Nussgarten gegangen,
Zu schauen die Sträuchlein am Bach,
Zu schauen, ob der Weinstock grünete,
Ob die Granatäpfel blüheten ...«

da sagte er: »Wie schön ist das nur! Das lies mir vor, wenn ich sterbe.«
»Sie werden ja nich sterben.«
»Dumme Trine.«
»Aber Herr Johnche ...«
»Schweig!«

6.

Heute war Onkel Johns Geburtstag, und darum hatte er seine Sportmütze mit einer kurzen Pfauenfeder geschmückt. Die Mütze auf einem Ohr, ging er mit strahlender Miene in seinen großen Blumengarten, hinter dem Hause. Neben ihm trippelte ein Tier, das weder ein Hund noch eine Katze war, sondern ein gewaltiger, goldroter Hahn, den

Onkel John »Kakao« nannte, weil der Hahn dieses Wort so schön sagen konnte. Heute hingen tonnengroße Lampions an den Akazien und Fliederbäumen des Gartens, und die Wege waren frisch mit Kies bestreut. In dem kleinen, künstlichen Teich, den ein Kranz von großen rosa Muscheln umschloss, schwammen ganz wunderliche, dunkle Fische herum, die sich Onkel John für schweres Geld selbst zum Geburtstag geschenkt hatte. Und ihre großen, hervortretenden Augen beglückten ihn. Er hob Kakao in die Höhe, damit er sie auch bewundern konnte. Aber Kakao interessierte sich nur für sein Spiegelbild, mit gesträubten Federn darauf losstrebend. »Dummer Junge«, sagte der Onkel, ihn mit einem zärtlichen Klaps zur Erde setzend. Die beiden Johns, der ältere wie der junge, hatten nebst andern Eigentümlichkeiten auch die gemeinsam, dass sie den Tieren freundlicher gesinnt waren als den Menschen, dass sie die Tiere liebten, wie die Bibel befiehlt, den Nächsten zu lieben, und dass sie die Menschen gern wie Tiere behandelten.

Hinter dem Blumengarten lag der Obst- und Nussgarten, in dem dumpf und emsig ein Bienenvolk brauste. Manchmal kam von dort ein Bienchen zu Onkel John geflogen und kroch zutraulich auf ihm herum. Die Bienen taten ihm nichts; sie kannten ihn. Gleich einem glücklichen König stolzierte er in seiner Blumenwildnis herum. Die Moosrosen, seine Lieblinge, hatten Knospen getrieben, die Asphodelos, die goldnen, grüßten ihn mit ihren schönen Häuptern, wohin er seine Blicke auch wandte. Es war ein Blühen überall, umflattert von bunten Schmetterlingen. Onkel John liebte seinen Garten wie eine schöne Frau. Seine Gattin war ihm nie, was ihm sein Garten im Frühling war.

»Willkommen, mein Prinz!«, rief er heiter, als sein Lieblingsneffe dahergestolpert kam.

John torkelte ihm gerührt in die Arme und küsste ihn, gratulierend, auf den fuchsgelben Schnurrbart. Dann ging er gleich zu den wunderlichen Fischen, die ziemlich matt in ihrem hellen Wasser standen.

»Rat' mal, was sie gekostet haben!«, sagte der Onkel und blies die Backen auf.

Der Neffe meinte: »Hundert Mark.«

»Was, hundert Mark?« Der Onkel rollte die grellblauen Augen. »Sag dreihundert und du hast es getroffen.«

Hundertfünfzig also, dachte John, aber er sprach es nicht aus. Nun seinerseits die Augen rollend, flüsterte er: »Dreihundert? Donnerwetter noch mal!«

Das gefiel dem Onkel, das schmeichelte seinem Protzentum. Er zog das Portemonnaie aus der Tasche und schenkte dem Neffen wie einem Bedienten zehn Mark, damit er den Tag auf seine Art feiern könne. John kicherte und bedankte sich. Für die zehn Mark wollte er zwei Flaschen Kognak kaufen: zwei Flaschen Lethe gegen seinen Kummer – und seine Schmerzen. Von denen er niemals sprach, über die er niemals klagte: Er trug sein selbstverschuldetes Leiden mit stolzem Schweigen; kein Mensch, außer dem Arzt, ahnte, wie groß die Qualen waren, die ihm sein zerrütteter Körper bereitete. Der Onkel holte ihm einen Stuhl an den Teich, weil er sah, mit welcher Mühe er sich aufrecht erhielt. Kakao stand gelangweilt umher. »Er sehnt sich nach seinen Damen«, sagte schmunzelnd der alte John. Nach einer Weile zog er mit dem Hahn ab, weil er »dem Tier sein Vergnügen gönnte«, wie er sich ausdrückte.

John stand schwerfällig auf und nahm eins der schönsten Lampions herunter, eine feuerrote Tonne, auf der Kraniche nach dem Mond schwebten. Er versteckte es hinter einem Baum im Gras, um es später mitzunehmen, wenn es sich unbemerkt machen ließ.

Wie strahlend herrlich war der Garten! Welche Fülle von Blumen und Schmetterlingen! John sah sich seufzend um und sank dann wieder auf den Stuhl zurück, die Arme auf die Lehne drückend und den Kopf melancholisch darüberhängend. In seinen Ohren tönte der Vers aus dem Hohen Lied, den er so sehr liebte:

Ich bin hinab in den Nussgarten gegangen,
Zu schauen die Sträuchlein am Bach,
Zu schauen, ob der Weinstock grünete,
Ob die Granatäpfel blüheten ...

Voll Neid dachte er an die, die sich am Nachmittag im Garten vergnügen würden. Das waren seine Eltern, seine Brüder, alle übrigen Verwandten und noch viele, viele Leute, – nur er nicht, nur er nicht.

Sein Kopf sank noch mehr gegen den Wasserspiegel, und eine Träne rann über sein gelbes Gesicht zu den wunderlichen Fischen herab.

Herrlich würde es sein im Garten – gegen Abend, wenn der Mond erst schien und all die bunten Lampions leuchteten. Lachende Leute würden am Teich sitzen und roten und gelben Wein trinken, Leute, die weder Kummer noch Schmerzen hatten und vor sich ein schönes, langes Leben sahen. Das Mondlicht würde auf ihren fröhlichen, roten Gesichtern glänzen und auf den Weingläsern in ihren Händen. Sie würden anstoßen und scherzen und lachen und singen ...

Und er? Und er? Er lag dann im Bett und lauschte voll Grauen auf die eintönige Musik in seinen Ohren, diese Musik, die immer schauerlicher, immer todestrauriger wurde. Dann die Schmerzen – und die Träume, die schrecklichen Träume ...

Und das alles, das alles durch eigne Schuld, durch eigne Schuld; er durfte sich nicht beklagen, er durfte niemand dafür verantwortlich machen.

Onkel John war unbemerkt zurückgekommen und stand nun laut lachend da. »Was, wir blasen Trübsal? Heut', an meinem Geburtstag? Noch schöner!«

John machte seine Miene steif und seine Stimme hart. »Fällt mir nicht ein«, brummte er. »Ich seh mir bloß die Biester aus nächster Nähe an.« Und dann lehnte er sich zurück und erzählte dem Onkel, dass Frau Kalnis mitunter in seinen Nussgarten gehe, um dort heimlich junge Sträuchlein auszureißen, die sie dann verkaufe.

Ein verblüffender Junge, dachte der Onkel entzückt, den Neffen mit Hochachtung betrachtend. »Diese Person!«, schmetterte er los, sich das Lachen verbeißend. »Na warte! Die kauf ich mir!«

Johns Gesicht war plötzlich noch fahler geworden. »Hörst du das auch?«, flüsterte er, in halb entsetztem, halb seligem Lauschen.

»Ich höre nichts«, sagte der Onkel; aber seine Miene widersprach seinen Worten, und seine verlogenen Augen suchten den Boden.

»Da wieder!«, schrie John.

»Da wieder! Von dort! Jetzt noch lauter!«

»Laut, lauter, am lautesten!«, rief der Onkel, schallend in die Hände klatschend. »Was ist dir, mein Sohn?«, fragte er neckisch. »Hast du

Halluzinationen? Bist du meschugge geworden? Aber setz dich doch bloß. Ich lasse Wein bringen. Warte!«

Aber John riss sich los und stürzte fort. Er eilte, so rasch er konnte, nach dem Hintergarten. Der Onkel folgte ihm mit steinerner Miene. Mochte kommen, was wollte, er war zu jeder Lüge bereit.

Mit einer Kraft, die ihm niemand mehr zugetraut hätte, riss John die verhakte Tür nach dem Hintergarten auf. Seine Augen fuhren wie Blitze durch den ganzen Garten und blieben rechts an einem Häuschen hängen. Das Häuschen hatte er noch nie gesehen.

»Hab mir da einen Stall bauen lassen. Für meine Ziegen«, sagte nachlässig der Onkel.

»Seit wann hast du Ziegen?«, stammelte John, bis zum Wahnsinn enttäuscht.

»Seit Monaten schon.«

»Warum sagtest du denn, du hörtest nichts? Warum sagtest du denn das? Du?«

»Was ist das für ein Ton? Was – was erlaubst du dir?«, schnaubte der Onkel, eine neue Maske auf dem falschen Gesicht.

»Mämämämä ...«, tönte es aus dem Stall.

»Das ist Peter!«, schrie John, nach dem Stall stürzend. Der Stall war verschlossen; aber sein leichtes Türchen gab unter einem wilden Fußtritt nach – und wie ein Rasender stürzte ein schwarz und weißer Ziegenbock heraus und auf seinen richtigen Herrn zu.

»Mein Junge!«, stammelte John, ihn ganz außer sich an sich drückend.

Der Onkel stand mit angestrengter Heiterkeit daneben. »Na, ist mir die Überraschung gelungen?«, fragte er frech.

John sah ihn mit rollenden Augen an. Er trat, die Faust hebend, auf ihn zu – doch da verließen ihn seine Kräfte, und er musste sich am Zaun halten.

Peter versuchte, seinem Herrn die Glatze zu lecken, und eine schöne weiße Ziege, seine junge Frau, stand neugierig neben ihm. Der Gärtner kam herbeigeeilt und fragte, was geschehen sei. »Ach nichts«, sagte Herr Zarnosky ganz ruhig, »mein Neffe behauptet, dass es sein Bock sei.«

»Das kann ja stimmen«, erwiderte der Gärtner, »wechjelaufen is er doch von irjendwo.«

»Ich muss einen Bock anschaffen. Zerline hat sich an den Gefährten gewöhnt«, sagte Herr Zarnosky mit Gemüt.

John stieß die Hände des Onkels zurück, als dieser ihm ein Glas Wein hinhielt. Aber als er ihm das Lampion brachte, dessen Verschwinden dem alten Fuchs nicht entgangen war, da lächelte er wie ein Kind und nahm es hastig an sich. Der Onkel schickte ihn in seinem Wagen nach Hause, und der Gärtner ging mit Peter hinterher.

Frau Kalnis musste das Lampion an die verräucherte Decke hängen, und abends, als John im Bett lag, musste sie es erleuchten. Der Trinker war im siebenten Himmel mit seinem Peter, seinem eigenartigen Beleuchtungskörper und den geschenkten zehn Mark, für die er »herrlichen« Kognak kaufen wollte. Beneiden tat er jetzt niemand, weder die Gäste im Garten des Onkels, noch sonst wen. Er hielt die weiche Nase seines Peters, der auf dem Bettvorleger lag, in der Hand, und die Augen hielt er entzückt auf die glühende Papiertonne gerichtet: auf die Kraniche, die nach dem Mond schwebten, während er auf das lauschte, was Dore ihm vorlas. Sie las ein Märchen von Andersen: »Die Schneekönigin«.

Das Märchen schließt mit den Worten:

Rosen, die blühen und verwehen,
Wir werden das Christkind sehen.

7.

John hatte seinen herrlichen Kognak bis auf den letzten Tropfen genossen, und nun wollte er alles tun, um wieder gesund zu werden. Dass Peter wieder bei ihm war, flößte ihm neuen Lebensmut ein. Mit ihm zusammen sollte es nun auch wirklich in die Heilanstalt gehen.

Die Mutter begann zu weinen, als er ihr eines Morgens, stotternd und stammelnd, von seiner Absicht sprach. »Siehst du, siehst du«, sagte sie, »jetzt kommst du endlich zur Vernunft. Wie du dich gründlich ruiniert hast.«

»Meinst du, ich kann nicht mehr gesund werden?«, fragte John mit schwankender Stimme.

»Was wirst du nicht wieder gesund werden können?!«, versetzte sie etwas gewaltsam. »Wir müssen mit dem Doktor reden. Ich werde mit dem Doktor reden, was der zu deinem Plan meint.«

»Was warst du für ein gesundes Kind!«, fuhr sie in vorwurfsvollem Tone fort. »Wie haben sie mich um dich beneidet! Du wogst neun Pfund, als du geboren warst.«

Diese Tatsache war John nicht neu, denn die Mutter erzählte sie mit Vorliebe. Doch selbst heute versäumte er nicht zu fragen, was er danach immer fragte: »Hatte ich auch schon Haare auf dem Kopf, als ich geboren war?«

Frau Zarnosky dachte siebenundzwanzig Jahre zurück, und ein naives Lächeln trat langsam auf ihr verweintes, immer etwas ängstlich blickendes Gesicht, dessen einstige Anmut die Jahre vergewöhnlicht hatten. »Ob du Haare hattest!«, sagte sie stolz. »Dein ganzes Köpfchen war mit langen schwarzen Haaren bedeckt. Und die waren wie Seide. Und sie hatten dir einen Scheitel gemacht, als sie dich zu mir brachten. Einen Scheitel ...«

John lachte unter Kopfschütteln, so wie ein Mensch lacht, wenn er etwas höchst erstaunlich findet. Und doch kannte er die Geschichte von seinem ersten Scheitel schon über zwanzig Jahre. Er wie seine Mutter hatten die glückliche Gemütsanlage, dass sie sich mit solchen und ähnlichen Nichtigkeiten über den Ernst einer Situation hinwegtäuschen konnten. Sie waren wie Kinder: die vor Dunklem die Augen schließen und am Rande des Abgrunds ahnungslos mit Blumen spielen. Und sie waren auch so leicht wie Kinder zu trösten.

»Wie ist es, hast du Schmerzen?«, fragte Frau Zarnosky, noch ganz verträumt.

»Nur selten«, log John.

»Na siehst du!«, sagte die Mutter beruhigt. »Dann ist es also nicht so schlimm. – Du bist ja jung«, setzte sie hinzu. »In deinem Alter –! Herrgott, da kann sich auch noch alles bessern! Ich werde gleich morgen mit dem Doktor reden, was er dazu meint.«

»Und wenn er sagt, ich soll nicht?«, fragte John mit nervösem Lachen.

Frau Zarnosky fuhr sich erschreckt über ihr dünnes, glatt gescheiteltes Haar. »Dann wird er etwas andres wissen«, beruhigte sie sich und ihn.

Johns Miene wurde heller und heller. »Hast du nicht ein bisschen Kaviar?«, fragte er verschämt.

»Wenn du nur noch immer Appetit hast«, sagte die Mutter und lächelte, »dann ist noch alles nicht so schlimm.«

»Wo wird es auch schlimm sein!«, brummte der Trinker.

Aber der Arzt war anderer Meinung. »Nicht daran zu denken!«, sagte er sehr ernst, als ihm Frau Zarnosky Johns Entschluss mitteilte. Sie starrte ihn an, als rede er dummes Zeug, denn sie hatte sich bereits den schönsten Hoffnungen hingegeben und schon dieses und jenes für die Reise vorbereitet. »Bei seinem Zustand? Nicht daran zu denken!«, wiederholte der Arzt.

Frau Zarnosky verlor gleich alle Selbstbeherrschung. »Muss er denn sterben, Herr Doktor?«, weinte sie laut heraus, obgleich sie sich hätte denken können, dass John an der Tür lauschte.

»Nur ein Wunder könnte ihn retten«, sagte leise der Arzt.

In den Ohren des Lauschenden erhob sich ein Brausen, das alle Geräusche um ihn verschlang. Er vernahm nicht mehr, was der Arzt und die Mutter noch weiter sprachen, einem Betrunkenen gleich taumelte er hinaus auf den Hof und begab sich in seine Wohnung. Dort warf er sich auf das Sofa, drehte sich nach der Wand und blieb so regungslos bis zum Abend. Kein Bitten, kein Klagen, kein Trost und keine Vorwürfe vermochten ihm ein Wort zu entlocken. Der Wasserfall, der in seinen Ohren zu brausen schien, ließ keinen Laut zu ihm dringen, und die Verzweiflung, die ihn gepackt hatte, lähmte seinen Körper und seinen Willen. Schließlich ließ man Peter zu ihm herein, der kläglich meckerte, weil man ihn tagüber zu füttern vergessen. Mit einem kecken Satz sprang das Tier auf den Tisch, mitten unter die Teller, einen zertretend, einen herunterwerfend, und machte sich an Johns Abendbrot. Da wandte sein Herr zum ersten Mal den Kopf um. »Peter«, flüsterte er, »haben sie dir nichts zu essen gegeben?«

»Mämämämä ...«, erwiderte klagend der Bock.

»Sie werden ihn hungern lassen und werden ihn schlagen und fortgeben, wenn ich erst tot bin«, dachte John entsetzt, und seine

Willenskraft kehrte langsam zurück, und das Brausen in seinen Ohren schien schwächer zu werden. In seinem Kopfe reifte hastig ein Entschluss – der ihm ganz seltsam erschien, wie er das lebensvolle Tier so vor sich auf dem Tisch sah.

Peter sollte getötet werden, ehe sein Herr starb. John wollte eigenhändig diesem kräftigen jungen Leben ein Ende machen.

Sein Vorhaben entsetzte ihn beim Anblick des gierig fressenden Tieres. Wer gab uns die Erlaubnis, fragte er sich, mit dem Leben dieser Geschöpfe zu verfahren, wie es uns beliebt? Was ist der Mensch für eine Bestie! Aber Peter musste sterben, wenn sein Herr einen ruhigen Tod haben sollte. Das Todesurteil war unwiderruflich gefällt. Zum Wohl des einen wie des andern.

»Junge«, flüsterte John, »sieh mich mal an!«

Der Bock hob den Kopf und sah seinem Herrn dumm und lieb ins Gesicht.

»Wenn du wüsstest, was über dich beschlossen ist!«, dachte John.

Der Bock war mit dem Abendbrot fertig und sprang zu seinem Herrn aufs Sofa. Dore wagte heute nicht zu schelten. »Wollen Se nich auch was essen? Soll ich nich noch was holen?«, fragte sie.

John sah sie an und wies stumm nach der Tür. Da ging sie leise hinaus.

Es wurde ganz still im Zimmer; Peter schlief ein, und sein Herr blickte regungslos durch das Fenster. Der Himmel war abendblau und doch noch hell. Die Sichel des Neumonds schwebte gleich einem silbernen Schmuckstück mit erikafarbenem Schimmer über dem Hof, auf dem ein paar Arbeitspferde des Ausspannens harrten, große, braune Pferde mit schönen, glasklaren Augen. Eine Menge Schwalben kreiste mit langen, süßen Schreien in der Luft; manchmal so tief, dass sie fast die hohen Köpfe der Pferde streiften. Aber die Pferde verharrten in majestätischer Ruhe, die großen klaren Augen friedlich geradeaus gerichtet. »Das musst du alles verlassen«, dachte John, »vielleicht, wenn der Mond rund geworden – ist das Trauerspiel schon aus.« Er schauderte.

Gab es einen Gott und ein ewiges Leben? Unnütze Frage! Die Toten konnten keine Antwort geben und die Lebendigen nur darüber fabeln. Beides: Gott und ewiges Leben, das waren doch wohl nur Märchen –

die schönsten Märchen, die die Menschheit sich erfunden. Zum Trost erfunden.

Märchen zum Trost! War das nicht zum Lachen und zum Weinen?! Und da wurden hohe Häuser gebaut und Lieder gesungen, um dieser Märchen willen, für diesen eingebildeten König, der nur schweigen konnte.

»Wenn du existierst, dann rufe!«, flüsterte John, auf das Sofa schlagend. »Ich will's hören. Ich hab's nötig.«

–?

–?

Seine Hand erhob sich noch einmal; aber nicht mehr beschwörend: resignierend. Er seufzte.

»Die Macht des Todes kann niemand bezweifeln«, sagte er darauf laut. »Wenn Gott existiert, dann ist er ein Krüppel, denn er kann nicht sprechen; dann ist er unglücklich, denn er kann nicht helfen … Der Tod – das ist ein andrer Kerl!«

Und ihm war, als sähe er den Tod auf sich zukommen, aus dem Dunkel einer Abendwolke, ähnlich einem Mann mit einem Lasso, der bereit ist, die Schlinge zu werfen. John schloss angstvoll die Augen und duckte sich auf dem Sofa zusammen. Es war aber nicht der Tod, der über ihn kam, der Schlaf übermannte ihn plötzlich.

Und ihm träumte, er stände lauschend auf einem weiten, dunklen Feld, auf dem es nichts gab, was ihm zur Deckung dienen konnte – wenn der Tod kam. Denn der sollte kommen, der würde kommen, das fühlte John mit einer Angst, die ihm Tigerstärke gab. Eine unwiderstehliche Gewalt hatte ihn in das Feld des Todes getrieben, und nun stand er und wartete auf ihn mit angestrengtem Gehör und schreckensweiten Augen. In der Ferne erklang eine schauerliche Musik – die Musik seiner Nächte –, die ihm das Herz mit Angst und Grauen zu zerreißen drohte. Und plötzlich begann die Erde zu dröhnen von einem riesigen Gespann, das windgeschwinde herangebraust kam. Der Wagen war aus Erz, und aus Erz waren die hohen Räder und aus Erz die Füße der dunklen Pferde. Und auf dem Wagen stand der Tod mit einer eisernen Sichel in der Hand, eine Flöte am Munde. Und die Räder und die Füße der Pferde waren rot vom Blut der Zerstampften und Überfahrnen, und die Sichel war rot vom Blut der Gemähten.

John sprang mit einem lauten Angstschrei auf den Rücken der Pferde und sah dem Tod ins Gesicht, nach einem Schimpfwort suchend, das all sein Entsetzen und seinen Abscheu zusammenfasste. Der Knochenmann grinste und hob elegant die Sichel. »Wie ein Ballettmeister«, dachte John, ihm in den Arm fallend und mit ihm ringend.

Wo der Tod hingriff, brannte es los wie Feuer, und brachen die Knochen wie dürre Halme. Ein Flammen und Splittern! John raffte seine letzte Kraft zusammen und brach seinem Gegner den Arm mit der Sichel ab. Dabei erwachte er.

»Ich verbrenne! Wasser! Wasser!«, stöhnte er, nach Luft ringend. Peter meckerte kläglich.

Dore stand schon mit Selterwasser da und gab ihm zu trinken. John zeigte ihr stumm, was er in der Hand hielt. »Sein Arm«, flüsterte er, noch immer nach Luft ringend. »Ich hab ihn besiegt. Er wird so bald nicht wiederkommen.«

»Das is doch ein Stick Horn vom Ziegenbock«, murmelte die Wärterin mit schadenfrohem Lächeln. Aber John begriff nicht, was sie sagte.

8.

Frau Kalnis setzte die Brille auf ihr schlaues, gelbes Chinesinnengesicht und öffnete mit zitternden Händen den großen, blauen Brief, den ihr der Briefträger soeben gebracht hatte. Die Buchstaben verneigten sich vor ihren Augen, tanzten spöttisch hin und her und wollten sich durchaus nicht fangen lassen. Es währte geraume Zeit, bis sie des Inhalts habhaft wurde.

»Herrjeses!«, schrie sie da. »Hat ein Mensch schon mal so was erläbt?! Neineinei! Ich zieh! Ich zieh!« Wie von der Tarantel gestochen, stürzte sie mit dem Brief in Johns Zimmer, um ihn zur Rede zu stellen. John lag mit gefalteten Händen auf dem Sofa.

»Herrr!«, brach sie los, mit »Rs« wie Trommelwirbel. »Wer kann mir das einjebrockt haben als Sie?! Wer kann mir das sonst schreiben als Ihr verdrähter Onkel?! Ich kenn seine Handschrift. Da schreibt er:

Man beobachtet mich. Und ich soll meine langen Finger doch im Zaum halten, sonst krieg ich's mit der Polizei zu tun … Gott, das muss ich mir, mir sagen lassen! Für nuscht, für rein gar nuscht! Ich zieh! Ich bleib nich unter solche Menschen! Ich …« Hier verlor sich ihre Rede in einem heftigen Hustenausbruch.

John versuchte eine scheinheilige Miene zu machen, aber er war viel zu kindisch, um über Dores Zorn nicht lachen zu müssen. Bald kicherte er wie ein dummer Junge.

»Sie Hottentott!«, stöhnte Dore. »Ich lass Sie im Stich! Ich werf Ihnen hin! Wer bleibt bei einem Menschen wie Sie?! Was möjen Se doch bloß wieder aufjebracht haben?!«

»Zügle dich«, sagte John vornehm und mit einem sehr spitzen »ü«.

»Ziejiln Sie sich man lieber!«, brauste Dore auf.

»Übrigens«, sagte John, das Sofakissen betrachtend, »möchte ich wissen, weshalb ich Ihnen das gerade eingebrockt haben soll?«

»Kein andrer«, knurrte sie.

»Verklagen Sie doch Onkel John, wenn Sie meinen, dass er den Brief geschrieben hat.«

»Ich? D'n Onkel John verklagen?« Dore lachte grimmig. »Eher nähm ich meine sieben Sachen und mach mir auf die Sohlen. Nei! Mit dem bind ich nich an! Der kann e unschuldjen Menschen durch seine Märchen ins Zuchthaus bringen.«

»Wissen Sie was?«, flüsterte der gute Neffe. »Er hat doch ein durchgegang'nes Reitpferd eingefangen und dann vor Gericht geschworen, dass es seins ist.«

»Nanana!«

»Wahrhaftig Gott!«

»Eins, was wahr ist«, sagte Dore feierlich, »dass es mit dem noch mal ein schlechtes Ende nimmt, das steht fest. Sie und d'r Onkel, ihr wisst ja gar nicht, was ihr anjeben sollt? Wozu ihr auf der Welt da seid?!«

»Weißt du vielleicht, wozu du da bist?«, näselte er.

»Na, jewiss weiß ich.«

»Das bild'st du dir ein!«

Dore schlug nur stumm mit der Hand, denn der Husten überfiel sie aufs Neue. »Was muss e Mensch sich ärjern«, hub sie dann wieder an. »Solche Jemeinheit! Mir zittert alles! Aber der liebe Gott wird ihn schon finden! Der wird ihn schon strafen!«

»Was weißt du von Gott?«, sagte John spöttisch.

»Dass er Sie und Ihren Onkel strafen wird«, entgegnete sie wild.

»Dann ist dein Gott ein Teufel!«, rief er, gereizt werdend, denn er dachte: »Bin ich nicht schon elend genug?!«

»Mein Gott ist ein Teifel?«, wiederholte Dore entsetzt. »Dass Ihnen nich der Blitz erschlächt!«

John lachte. »Er kann nicht blitzen. Er ist doch nur ein Märchen.« – »Gott«, sagte er und sah zur Decke auf, »das sollte etwas sein, wie Blumenduft, wie Harfenspiel und Sonne; nichts als Süße und Herrlichkeit. Strafe und Gott? Blitz und Gott? Das sollte nicht zusammenpassen.«

Er schloss die Augen und sein ganzes Gesicht arbeitete. »An Gott denken«, stammelte er, »das sollte sein, wie an silberne Quellen denken in tiefen grünen Märchenwäldern, wie an frische Wiesen denken, neben rauschenden blauen Strömen, das sollte sein, wie ein Versinken in etwas himmlisch Weiches und Beruh'gendes.«

»Bring mir Papier und Bleistift«, sagte er dann barsch und verlegen, »ich habe zu schreiben.«

»Sie wollen schreiben?«, fragte Dore, die Augen noch weiter aufreißend. »Das haben Se ja noch nie jetan.«

»Das Personal hat seine Meinung für sich zu behalten.«

»Sie werden d's Schreiben verlernt haben.«

Nun lag Papier und Bleistift vor ihm, und John machte ein dummes Gesicht, weil er nicht wusste, wie er anfangen sollte.

»Was wollen Se doch bloß schreiben, mein Lieberche?«, fragte Dore, immer neugieriger werdend.

Der Trinker rieb sich mit wichtiger Miene das Kinn und schwieg. »Wie schreibt man Dienstag?«, fragte er dann. »Mit langem oder rundem S?«

Frau Kalnis entschied sich mit Energie für das runde.

»Etwas scheinst du ja jelernt zu haben«, bemerkte John herablassend.

Dore fühlte sich geschmeichelt. »Etwas?«, wiederholte sie. »Oh! Ich hab scheen jelernt. Ich war immer die Erste in meine Klass'.«

John war müde, als er Dienstag und das Datum geschrieben hatte. »Schwer!«, sagte er mit dem Kopfe wackelnd und sich einen Kognak eingießend.

»Ja«, sagte Dore, »d's Schreiberhandwerk is nich so ohne … Was haben Se doch bloß zu schreiben, Herr Johnche?«

Der Gefragte machte ein verschmitztes Gesicht, indem er die Wärterin leise pfeifend angrinste. Er brannte darauf, das Geheimnis mitzuteilen; aber wiederum war es auch hübsch, die neugierige Dore zappeln zu lassen. »Holen Sie erst das Frühstück«, gebot er gravitätisch.

Frau Kalnis war von Natur so neugierig, wie die Nachtigall es sein soll. Das Frühstück stand in fünf Minuten auf dem Tisch. »Nu?«, fragte sie gespannt, den linken Arm in die Seite gestemmt.

»Erst essen«, grinste John.

Dore errötete vor Ärger und Enttäuschung. »Sie sind mir erst e Koboldche«, sagte sie vorwurfsvoll.

»Ich bin Ihnen erst e Koboldche«, spöttelte er.

Die Litauerin wurde noch röter und ging stracks in ihr Zimmer, die Tür hinter sich zuknallend.

Nach einer Stunde bekam sie das große Geheimnis zu wissen. John beabsichtigte, ein Schriftstück zu verfassen, in dem er die ganze Welt vor dem Trinken warnte. All seine Qualen wollte er darin schildern und all seine Todesangst. »Wer das lesen wird«, sagte er, »der wird nie, nie mehr zu viel trinken, das kannst du mir glauben, Dore. In allen Zeitungen soll es stehen, auch in den kleinsten.«

»Das is mal scheen«, sagte Frau Kalnis, bis zu Tränen gerührt, »Sie werden auch noch im Himmel kommen.«

»Will ich gar nicht«, brummte er. »Hier will ich bleiben und gesund werden. Und was ich zu schreiben beabsichtige, das soll hier, rot gedruckt, über dem Sofa hängen.« Er klatschte mit der Hand auf die Wand. »Du sollst mal sehen, Dore, wie mir das gut tun wird, wenn ich das so tagtäglich vor Augen haben werde. Das wird mir schon das Trinken abgewöhnen.«

»Vel–leicht …«, zerrte sie unter krampfhaftem Gähnen heraus.

»Aber für heute wollen wir es genug sein lassen«, sagte er dann, das Papier mit dem schief und zittrig geschriebenen Datum von sich schiebend. »So was will erst ordentlich überlegt sein.«

»O – ja!«, erwiderte Dore, langsam mit dem Kopfe nickend, und warf sich einen geheimnisvollen Blick im Spiegel zu.

9.

Die Fenster des Esszimmers standen offen, und der Regen trommelte eintönig auf den Blechen. Die vielen Blumentöpfe, die Frau Zarnosky auf der Veranda stehen hatte, erweckten im Zimmer den Glauben, dass draußen ein schöner Garten sei. John hockte fröstelnd am kalten Ofen, drehte die Daumen umeinander und ließ keinen Blick von der halbvollen Flasche Kognak, die auf dem Büfett stand. Außer ihm war niemand in der Wohnung als Amalie, die in der Küche saß und Kartoffeln schälte. Frau Zarnosky war aus, und die Jungen waren in der Schule. John drehte die Daumen umeinander, wie gebannt auf die Flasche starrend. »Was für eine Seligkeit müsste es sein«, dachte er, »jene Flasche auf einen Zug leeren zu dürfen!«

Alles, was er an Spirituosen besaß, stand jetzt in Dores Schrank; so hatte er es haben wollen. Frau Kalnis hatte ihm schwören müssen, fest und unerbittlich zu bleiben, wenn er mehr Alkohol von ihr verlangte, als er sich selbst zum langsamen Abgewöhnen zudiktiert hatte. Den Schlüssel zum Schrank musste sie entweder bei sich tragen oder so verwahren, dass er ihn nie entdecken konnte. Auch sein Taschengeld wanderte jetzt in jenen Schrank, und Dore sollte das Ganze behalten dürfen, wenn es ihr gelang, ihrem Herrn das Trinken abzugewöhnen.

Es war ein stiller, kühler Sommertag. Der Regen klopfte eintönig auf den Blechen, und langsam und feierlich begannen die Glocken der nahen Kirche zu läuten. »Trink, trink ...«, sagte der Regen. »Nein – nein ...«, sagten die Glocken. John glaubte, den größten Durst seines Lebens zu verspüren. Langsam erhob er sich.

Doch dann ging er zur Verandatür, um angestrengt hinauszustarren. Aber er sah kaum, was vor ihm lag, er sah immer nur die Flasche; sie schien überall zu stehen, wohin er auch blickte.

Das war eine Versuchung, wie sie schlimmer nicht auszudenken war. Wenn er nicht unterliegen wollte, so musste er sich schleunigst aus dem Staube machen, fliehen. Doch er floh nicht. Ja, er blickte sich um und lächelte die Flasche an, wie ein krankes Kind.

Ach, es war ja schon einerlei, ob er jenen Kognak austrank oder nicht, sterben musste er ja doch. Mit einem Satz war er am Büfett und riss die Flasche an sich.

»Nein – nein ...«, sagten die Glocken. Sie klangen so furchtbar ernst, so düster warnend. John merkte, dass sie zu einem Begräbnis läuteten und setzte die Flasche wieder hin.

Er wollte nicht sterben – nein, nein! – Wie der Kognak glänzte! – Nur einen Schluck ...

»Trink, trink ...«, sagte der Regen.

Die Flasche glich einem Magnet, der seine Hand unwiderstehlich an sich zog. Ehe er sich's versah, hatte er sie schon wieder in der Hand.

»Nein – nein ...«, sagten die Glocken.

»Still!«, brummte John. »Ich will doch bloß mal riechen.« Mit zitternden Händen bemühte er sich, die Flasche zu entkorken, nicht merkend, dass jemand ins Zimmer trat.

»John, was machst du da?«, rief lachend Onkel Chlodwig.

Der Ertappte zuckte heftig zusammen. »Nichts«, stammelte er in nervöser Bestürzung. »Ich zähl' nur die Gläser – ob alle da sind. Hier wird jetzt so viel gestohlen. Amalie will ja nächstens heiraten.«

»Amalie will heiraten?«, kicherte der Onkel. »Wen denn?«

»Einen – einen Bierkutscher.«

»Amalie!«, rief Onkel Chlodwig, die Tür nach dem Korridor öffnend. »Sie wollen einen Bierkutscher heiraten? Das nenn ich mir eine treffende Wahl.«

»Was? E Bierkutscher soll ich heiraten?«, brummte es in der Küche. »Lieber Ihnen, Herr Zarnosky«, grunzte die Köchin.

Der kleine Junggeselle klatschte vor Vergnügen laut in die Hände. »Da täten Sie recht!«, rief er heiter. Dann ging er zum Büfett und goss sich einen Kognak ein. »Du willst wohl keinen, John?«, fragte er mit zwinkernden Augen.

»Nein, danke«, sagte dieser fromm. Bei dem Schreck war seine Gier verflogen.

»Da tust du recht«, lobte Onkel Chlodwig und zog seinen Schnurrbart zur Säuberung durch die Lippen, um dann erst das Taschentuch zu benutzen.

Es regnete nicht mehr, und die Sonne schimmerte schon gelb durchs Gewölk. John ging auf den Hof, um nach Peter zu sehen. Der Ziegenbock kniete wie ein Götzenbild am Rande des Torwegs, als habe er den Eingang zu bewachen. Seine Miene war die eines alten Philosophen, der über rätselhafte Dinge nachdenkt. Als er John erblickte, erhob er sich gelassen und kam mit Würde auf ihn zu. Mit derselben Würde nahm er die drei violetten Orden aus seines Herrn Knopfloch zu sich.

»Schmeckt's?«, fragte dieser.

Peter nickte fortwährend gemessen mit dem Kopf, was er immer tat, wenn er etwas zu sich nahm. Seine Kiefer bewegten sich dabei wie Mahlhölzer gegeneinander. »Er setzt das Mühlchen in Bewegung«, sagten Paul und Leo, wenn Peter zu fressen begann. –

Gegen Abend ging Frau Kalnis, ausnahmsweise, zu einer Verwandten, die Geburtstag hatte. John begann Andersens Märchen zu lesen, weil er nicht beständig an die halbe Flasche Kognak denken wollte; aber er konnte sie durchaus nicht vergessen. Seine Augen versagten auch bald den Dienst, und die immer größer werdende Unruhe in seinem ganzen Körper machte ihm das Sitzen unerträglich. Er stand auf und nahm Baldriantropfen.

Um sieben brachte Amalie das Abendbrot. Sie sah sehr ärgerlich aus, denn man hatte sie den ganzen Tag mit ihrer Heirat aufgezogen. Mit dieser Heirat, von der sie doch nichts wusste.

»Warum machen Sie ein so böses Gesicht?«, fragte John sofort.

»Ach«, brummte sie, »der Onkel Chlodwig lässt mich heite gar nich zufrieden.«

»Heiraten Sie ihn doch, Amalie.«

»Ach, heren Se schon auf mit das Ganze!«

»Aber der Onkel Chlodwig schwärmt Ihnen an! Sie können mir's glauben, Amalie! Wahrhaftig Gott!«

Die Köchin verzog ihren dicken Mund zu einem breiten, halbverschämten, schweigenden Grinsen. Ihre steifen Wangenhügel, die so ruppig waren wie ein Hahnenkamm, glühten um die Wette mit ihrer

Nase, die einer feurigen Kräuterbirne nicht unähnlich sah. Amalie war eine Freundin von Bier und Schnäpsen, und gegen Abend konnte man ihr diese Freundschaft nur zu sehr vom Gesicht ablesen. »Sie knirbelt kräftig«, pflegte John zu sagen.

»Na, wie ist's?«, fragte er, durch ihr Schweigen gereizt. »Wollen Se meine Tante werden oder nich?«

»Uzen Se mir auch noch?«

»Ich denk' gar nicht dran! Onkel Chlodwig geht schon lange mit der Absicht um, Ihnen zur linken Hand zu heiraten.«

Amalies dicker Mund weitete sich noch einmal, und dann verschwand sie mit einer großen, ganz neuen Hoffnung im Herzen.

Das Abendbrot wollte John nicht schmecken; ihm war noch schlechter als gewöhnlich. Die eine Flasche Bier, die vor ihm stand, reizte ihn so lange mit ihrer Kümmerlichkeit, bis er sie wütend vom Tisch stieß. John fühlte sich plötzlich so furchtbar unglücklich, dass er sich am liebsten das Leben genommen hätte. Sein ganzes Wesen verzehrte sich in Sehnsucht nach Alkohol: nach jener halben Flasche Kognak. Er konnte sich nicht länger beherrschen und er wollte es auch nicht. Nicht länger zögernd, eilte er zu Dores Schrank, in dem seine Flaschen standen. Er bearbeitete die verschlossene Tür mit Fußtritten, um zu seinem Eigentum zu gelangen; aber das alte Möbel war aus gutem Holz, es widerstand allen Stößen. Auch das Schloss widerstand, als er es mit dem Taschenmesser aufzubrechen versuchte. Nun zerfetzte er vor Wut Dores Fächerpalme, ihr Stuhlkissen, ihre Nachtmütze. Aber als ihm das grüne Staubtuch in die Hände fiel, aus dem er einst für Mimi ein Nestchen gemacht hatte, da ließ er den Kopf hängen und weinte.

Er weinte über sein verfehltes Leben, das ihm ebenso zerfetzt schien wie die Fächerpalme. Wie anders hätte er jetzt dastehen können! Er bereute, er bereute … Zu spät! Nun war nichts mehr zu ändern.

Ach, er fühlte sich so unsagbar verlassen, so kalt dem Tode preisgegeben. Rodenberg war sein einziger wahrer Freund. Durfte er sich überhaupt noch zu den Lebenden rechnen? Er fühlte sich schon so fern von allem, was lebte und lachte und genoss. Der Tod war seine einzige Aussicht.

Nur jene halbe Flasche Kognak wollte er noch leeren.

Der Glanz der Abendsonne war ihm aufs Tiefste zuwider. Er stach ihm so mitleidslos in die Augen. John stieß eine Verwünschung aus und drohte mit der Faust nach der Sonne. Er trocknete sich mit dem Staubtuch die Augen und beroch es dann von allen Seiten wie ein armer, hungriger Hund.

Es roch nicht nach Mimi, es roch nach Petroleum. Trotzdem stopfte er es in die Tasche, um es öfters ansehen zu können. Mimi war doch eine hübsche Erinnerung, trotz ihres schrecklichen Todes.

Und nun ging er sich den Kognak holen; er hielt es nicht mehr aus ohne Alkohol, er hielt es einfach nicht mehr aus. Seine Mütze war nicht zu finden. Er setzte den kleinen, steifen Hut auf, den er auf jenem Ausflug mit Johannes getragen.

Die Hand auf die linke Seite gepresst, arbeitete er sich langsam und atemlos die Treppe herunter. In seinen Ohren war ein dumpfes Sausen, und sein Herz schien sehr weit und ganz still. Die Treppe war immer ein Kunststück für ihn. Bis zu seiner Haustür hatte er die feste Absicht, in die elterliche Wohnung zu gehen, um sich den Kognak zu holen; aber an der Tür besann er sich anders. Er wollte doch lieber in die Kneipe gehen und sich dort etwas geben lassen, als etwa im Esszimmer Paul und Leo antreffen, die ihn vielleicht daran hindern würden, die Flasche zu nehmen. Und sicherlich würden sie ihre Bemerkungen machen, ihn verspotten. Nein, nein, er ging lieber in die Kneipe.

Sein Herz arbeitete jetzt wie wild nach der Treppe, es zitterte und sprang in seiner Brust, dass ihm vor Angst der Schweiß ausbrach. Öfters stehen bleibend, um Atem zu schöpfen, begab er sich über den Hof nach der kleinen Kontortür im Torweg und öffnete sie. »Vater!«, rief er herein. »Gib mir doch etwas Geld, ich will zum Barbier gehen.«

»Jetzt abends noch?«, brummte Herr Zarnosky.

»Komm herein, Kronensohn!«, rief Onkel John, der dasaß und Märchen erzählte. »Wir wollen mal sehen, was dein Bart für eine Farbe hat.«

John trat ein und wiederholte seine Bitte. Herr Zarnosky knurrte, dass der Gang zum Barbier eine Finte sei. Er kenne das. Johns Barbier hieße Suttkus. Der Märchenerzähler hatte schon das Portemonnaie in der Hand; aber dann steckte er es rasch wieder ein. Es war ihm noch rechtzeitig eingefallen, dass sein lieblicher Neffe in einer Kneipe erzählt haben sollte, dass er, der Onkel, ein Reitpferd eingefangen und dann geschworen habe, dass es seins sei. Und es war doch nur ein weggelaufener Ziegenbock gewesen, dem er um Zerlines willen freundliche Aufnahme gewährt hatte, weil er doch nicht wissen konnte, wem er gehörte. »Tiere sind sich ähnlich«, hatte Onkel John gedacht, und es war seiner Fantasie bald gelungen, aus dem Bekannten einen Fremdling zu machen. Ganz im Tiefsten hatte er auch noch gedacht: »Er schenkt ihn mir ja sowieso, ehe er stirbt.«

»Der Vater hat hier zu entscheiden«, bemerkte er würdevoll, nachdem er das Portemonnaie wieder eingesteckt hatte. Und dann mit selbstgefälliger Anzüglichkeit: »Man muss sich auch hüten, seine Wohltaten an Leute zu verschwenden, die es einem mit Undank lohnen.« Darauf musste er lachen, weil er diesem seiner Neffen nun einmal nicht böse sein konnte.

»Junge, halt' die Ohren stramm!«, rief Onkel Chlodwig vergnügt, indem er eine Bewegung mit den Armen machte, als wolle er John, wie einst als Kind, an den Ohren in die Höhe heben.

Der Trinker ging schweigend hinaus und warf schmetternd die Tür zu. Und die Brüder lachten und ließen ihn ruhig gehen. In ihren Köpfen war die Finsternis der Unbildung und der Gedankenlosigkeit.

John begab sich stracks in den nächsten Gewürzladen und ließ sich einen Kognak geben. Und noch einen, und immer wieder noch einen. Nach einer Weile wurde der Verkäufer in die Bierstube gerufen und ließ ihn im Laden allein. John stand vor der Tombank und lächelte dumm. Seine Stimmung begann sich zu heben. Er fühlte sich wohl in dieser Atmosphäre voll von Käse- und Biergeruch, in dieser sauren Luft, die so wertlos war wie er selbst. Hier wäre er gern für immer geblieben.

Der Laden war nicht groß. Ein gemütlicher, alter Laden mit ausgetretenen Dielen und kleinem Schaufenster. Unter der niedrigen, rauchgeschwärzten Decke brauste ein Heer von Fliegen. Fette Brummer segelten gemächlich über die drei Käseglocken des düsteren Repositoriums. Auf der klebrigen Tombank stand in einsamer Schönheit eine Flasche Rum.

John studierte aus der Ferne die Etikette: »Jamaika-Rum«. Er trat einen Schritt näher: »Jamaika-Rum«. Noch näher: »Jamaika-Rum«.

Dann verwirrten sich seine Gedanken; er glaubte, wieder, wie am Vormittag, zu Hause vor dem Büfett zu stehen, und nahm die Flasche in die Hand.

Läuteten nicht die Glocken? Ihm war so. Er stellte die Flasche wieder hin.

Das Summen der Fliegen klang ihm jetzt wie fernes Meeresbrausen, und der Fußboden schien sich langsam hinter ihm in die Höhe zu heben. John klammerte sich an die Tombank. Nun schien sich auch die Flasche in Bewegung zu setzen, schien langsam davongleiten zu wollen. Da packte er das lockende, glitzernde Ding voller Angst mit beiden Händen und stolperte damit nach der Tür.

»Möchten Sie wohl die Flasche zurückgeben?!«, erscholl eine grobe Stimme aus dem Gang zur Bierstube, und ein großer, stiernackiger Handwerker, ein geschworener Feind der Familie Zarnosky, der John heimlich beobachtet hatte, sprang vor und zischte: »Schämen Sie sich nicht?! Ich werd' Sie anzeigen!«

John ließ die Flasche fallen und sank vor Schreck halb in die Knie. Und der wütende Tischler riss ihn in die Höhe und hielt ihn fest. »Wer holt den Schutzmann?«, brüllte er.

»Machen Sie keinen Unsinn!«, flüsterte der herbeieilende junge Mann. »Er hätte sie schon bezahlt. Oder wir hätten die Rechnung geschickt. Ein guter Kunde ...«

»Ein Dieb!«, schmetterte der Sargtischler. »Schutzmann! Schutzmann!«

John begriff nicht ganz, was um ihn vorging; aber das Festgehaltenwerden unter Rufen nach dem Schutzmann flößte ihm ein solches Entsetzen ein, dass er sich wie ein Rasender losriss und davonstürzte.

Mit dem schrecklichen Gedanken, er müsse sich jetzt etwas Entsetzlichem wegen das Leben nehmen, rannte er die Straße herunter. Sie war nicht lang und lag am Ende der Stadt. Bald stand der arme Dieb am Rande des tiefen Teiches, zu dem er ganz instinktiv geeilt war. Jenseits des Wassers war ein dunkles Wäldchen, in dem sehr laut die Nachtigallen sangen. Auch über dem Kopf des Verzweifelten flöteten die Vögel in den Zweigen der Kastanien, mit denen der Weg zu beiden Seiten besetzt war. Hinter seinem Rücken flammte die Abendsonne in ihrer ganzen Glorie. Sie thronte gleich einer mächtigen Feuerkugel dicht über dem langen, flachen Dach eines alten, hölzernen Getreideschuppens, der wie ein riesengroßer schwarzer Sarg auf grünem Wiesenlande stand, unter einem rostgelben Himmel. Doch John sah in das glitzernde Wasser und beriet sich flüsternd mit seinem Schicksal.

»Muss ich? Muss ich?«, fragte er, voller Angst an seine Eltern denkend.

»Aber sofort!«, schien der Tischler zu rufen.

John sah sich furchtsam um; aber es war niemand außer ihm auf dem Wege. Er setzte sich auf die Erde, weil er vor Müdigkeit nicht länger zu stehen vermochte, und sein Denken wurde allmählich klarer.

»Was hab ich denn getan?«, stammelte er wie ein Kind. »Ich hab doch nichts getan. Ich hatte sie auf einmal in der Hand, ich weiß nicht wie. Ich hätte sie doch bezahlt.«

Der Tischler hatte ihm das eingebrockt – dieser gehässige, heimtückische Kerl. John wusste: Der Tischler ging jetzt von Haus zu Haus und erzählte.

Es bohrte ein Wort in seinem Kopf, dessen Klang und Bedeutung er auf dem ganzen Weg gesucht hatte. Nun war es da; es hieß: Schande.

»Schande«, flüsterte er; »Schande«, wiederholte er laut, und schon wurde es ihm zur Gewissheit, dass das etwas war, was ihm nicht mehr viel anhaben konnte. Seine Rolle auf Erden ging zu Ende. Was tat ihm noch Schande?

Aber seine Familie, seine Familie und die Leute –?

Seine Angehörigen sollten sich damit abfinden – sie durften ja leben, während er –

Ja, was tat ihm noch Schande? Ihm? Er kicherte mit zuckendem Munde. Und auf einmal warf er sich vornüber und krallte die Hände in die warme Erde.

Er wollte alle Schande der Welt tragen – wenn er nur leben durfte! Er liebte das Leben trotz allem und allem, trotz seiner Schmerzen, trotz seiner qualvollen Nächte. Er wollte alle Schande der Welt tragen – nur nicht sterben!

Die Frösche quakten, und die Vögel flöteten, und ein Wagen kam gefahren. John richtete sich langsam auf; er wollte nach Hause. Es war

nicht notwendig, dass er dem Schicksal vorgriff: Das Ende des Trau-
erspiels kam schon von selbst. Und alles Auflehnen war vergebens.

Der sich nähernde Wagen, ein gewöhnlicher Einspänner, hielt an,
als John dem Kutscher ein herrisches »Halt!« zurief. »Helfen Sie mir
herauf«, befahl er ihm. »Ich will in die Stadt.«

»Ach, Sie sind es, Herr Zarnosky«, sagte der Kutscher.

»Hab jefischt«, bemerkte John sehr hochmütig.

»Und wo haben Sie Ihre Angel?«

»Fortgeworfen. Kann mir eine neue kaufen.«

Kurz vor der Stadt, da, wo es in das dunkle Glaciswäldchen hinein-
ging, sah man jetzt hurtig Liebespaare verschwinden. Der Kutscher
schnalzte mit der Zunge und machte seine Bemerkungen. John saß
ganz still da und wunderte sich. Er wunderte sich, dass es noch immer
Liebespaare gab, dass die Welt noch immer so war wie damals, als er
mit seiner ersten und einzigen Flamme, einer jungen Putzmacherin,
dort spazieren ging – vor hundert Jahren. So lange schien ihm das
wenigstens her. Wie ein Greis sah er den Paaren nach und drehte
verwundert die Daumen umeinander.

Er hätte den gewöhnlichsten Kognak der hübschesten Putzmacherin
vorgezogen.

Am alten Stadttor leuchtete eine Gasflamme wie ein grüner Stern
durch die helle, rote Dämmerung. Als der Wagen durch das Tor
rollte, begann John vor Angst zu frieren. Beim Auftauchen eines
Schutzmannes zuckte er heftig zusammen. Der Mann grüßte freundlich
und ging vorüber.

Nun überkam ihn ein wilder Trotz. Erstens hatte er nichts begangen,
und selbst wenn er etwas begangen hatte, so war ihm das ganz
gleichgültig. Mochte man ihn anzeigen. Ihm war schon alles gleich.
Nur um die Mutter tat es ihm leid. Um die tat es ihm leid, um die
andern nicht … Seine Zähne schlugen zusammen, als sich der Wagen
dem väterlichen Hause näherte.

Rodenberg stand, nach ihm ausspähend, am Torweg und half ihm
vom Wagen herunter. »Geben Sie ihm was«, sagte John, nachlässig
über die Schulter zeigend. Der Kutscher nahm seinen Herrn unter
den Arm, weil dieser allein nicht zu gehen vermochte. »Was machen

Sie für ein Gesicht?«, fragte ihn John. »Lachen Sie doch, Rodenberg! Ich hab keine Angst! Für was soll ich auch Angst haben?«

»Der Beese war hier«, erzählte der Kutscher, »und nu is der Herr fuchswild.«

»Pah!«, sagte John. »Was ich mir daraus mach!«

»Er sitzt oben und wartet auf Ihnen.«

»Der Vater?«

Rodenberg nickte.

John wurde kreidebleich. Er versuchte zu lachen; doch plötzlich bekam er einen Krampfanfall. Rodenberg schleppte ihn in seine Wohnung hinauf.

Herr Zarnosky saß mit der Reitpeitsche in der Hand. Sein sonst so frisches, großzügiges Gesicht war blass, und seine Zähne bearbeiteten unablässig die starken Lippen. Als die Tür geöffnet wurde, stand er auf.

»So betrunken?«, fragte er den Kutscher.

»Krank«, sagte Rodenberg rau, indem er seinen jungen Herrn mit liebevoller Ungeschicklichkeit aufs Bett trug.

Herr Zarnosky setzte sich wieder aufs Sofa und räusperte sich erregt. Frau Kalnis kam in diesem Augenblick nach Hause, wie eine erschreckte Fledermaus ins Zimmer schwirrend, und schlug stumm die Hände zusammen.

»Herr Zarnosky trautstes, was is los? Was is jeschähn? Ich will man bloß rasch d'e Umnahme abnähmen ...« Sie huschte in ihr Zimmer. »Herrjeh, herrjeh, mein Palmbaum! Und d's Kissen! Jerechster Vater, was is hier jeschähn? Nu hatte er sich doch schon einije Tage so scheen jehalten.«

Herr Zarnosky räusperte sich schweigend weiter. Rodenberg schlich still hinaus, weil er meinte, dass John in Dores Gegenwart keine Prügel bekommen werde. Frau Kalnis kam mit einer Decke angeflogen, die sie mit zitternden Händen über den unbedeckten Tisch warf. Dann ging sie zu John. »Wasser«, murmelte er leise.

Herr Zarnosky trat mit der Reitpeitsche ans Bett. »Besinne dich«, sagte er heiser, »was hast du heute Abend getan?«

»Nichts«, stammelte John angstvoll, »nichts.«

»Da geht doch dieser Lümmel hin und stiehlt!«, stieß der Vater erbittert hervor, und die Reitpeitsche sauste nieder.

Ehe sich's der Alte versah, war der Junge plötzlich aufgesprungen und hatte ihn an der Kehle gepackt. Wer weiß, was geschehen wäre, wenn Rodenberg – durch Dore und den Lärm herbeigerufen – sich nicht des Wütenden bemächtigt hätte. Er schaffte ihn wieder ins Bett und beruhigte ihn, so gut er konnte. Herr Zarnosky rang keuchend nach Atem. So träge und ruhig er für gewöhnlich war, so wild und zügellos konnte er im Zorn werden.

»Warte!«, knirschte er, sobald er sich von seinem Schreck erholt hatte. »Du wirst dich an mir vergreifen? An deinem Vater?« Und nun begann er John erst recht zu züchtigen.

Doch die meisten Schläge bekam Rodenberg, der sich mit ausgebreiteten Armen über seinen Liebling legte, und der nicht von ihm wich, so wütend es ihm auch befohlen wurde. Zu sagen wagte er nichts, ja, er wagte nicht einmal zu stöhnen. Die Zähne zusammenbeißend hielt er tapfer stand, bis sein Herr mit Schlagen aufhörte.

Als Herr Zarnosky ohne ein Wort gegangen war, richtete sich der Kutscher auf und sah Dore an, und dieser Blick war die einzige Kritik, die er sich über seinen Herrn erlaubte.

Dore probierte, ob sie noch sprechen konnte. »Gott! – Nei! – Pfui ...« Das war anfänglich alles, was sie herausbekam. Sie schüttelte den Kopf und schlug stumm mit der Hand, und dann sagte sie: das sei von jeher die Zarnosky'sche Erziehungsmethode gewesen.

John lag ganz still da, und seine langen Wimpern drückten sich so tief in die Wangen, als ob sie sich nie mehr heben wollten. Doch mit der Zeit begann er aufgeregt zu flüstern, Schreie auszustoßen und mit den Armen zu fuchteln. Frau Zarnosky kam heraufgestürzt und setzte sich weinend an sein Bett. Sie nannte ihn bei seinem Kindheitsnamen, sie glättete sein Kissen, sie streichelte ihn. Wohl eine Stunde saß sie an seinem Bett und weinte; aber ihr Weinen, dieses monotone Weinen, vermehrte nur seine Unruhe. »Nicht, nicht«, flüsterte er von Zeit zu Zeit. Doch Frau Zarnosky ließ sich nicht stören; sie war es nicht gewohnt, ihren Gefühlen Zwang anzutun, und sie wäre empört gewesen, wenn ihr jemand diese Tränen zum Vorwurf gemacht hätte.

John schlief ein und ging im Traum unzählige Male in den Laden und wurde dort unzählige Male von Schutzleuten umringt, weil er jedes Mal eine Flasche mitgenommen haben sollte. Doch es gelang ihm immer noch zu entkommen. Und einmal stellte es sich heraus, dass er die Flasche bereits bezahlt hatte. Die Schutzleute verneigten sich vor ihm, und er schritt stolz wie ein Triumphator davon – um an der Tür auf den Tischler zu prallen, der ihm, »Dieb!« brüllend, eine ungeheure Flasche aus der Tasche zog. Die Schutzleute packten ihn, so viel Rodenberg auch für ihn bat; aber er riss sich los und stürzte sich, von seinem Vater verfolgt, in ein großes, schwarzes Wasser. Das schlug dumpf über ihm zusammen, sein Herz setzte aus, und dann sank er ohne Ende in die Tiefe.

10.

Der Zarnosky'sche Landauer rollte lautlos die gerade, sonnige Chaussee entlang, die nach einem Gasthaus im Walde führte. Die neuen Rappen waren angespannt, und Rodenberg ließ sie mit stolzer Miene dahinbrausen. Sein langer, roter Bart glänzte in der Sonne wie ein Feuerchen auf seinem engen, schwarzen Mantel. John saß neben Dore auf dem Rücksitz des Wagens gegenüber seinen Eltern, zwischen denen sein Bruder Paul einen bescheidenen Platz einnahm. Diese Ausfahrt nach dem Walde war Johns sehnlichster Wunsch gewesen, und sein Vater erfüllte ihm seit einer Woche jeden Wunsch, weil es ihn noch immer reute, dass er sich dem Kranken gegenüber im Zorn vergessen hatte. Zudem war John auch sein Liebling, trotz allem und allem.

Nun blickte er stumm und schläfrig, den Strohhut ins Gesicht gezogen, auf die grünen Felder, die wie stille Seen zu beiden Seiten der Chaussee lagen. Frau Kalnis interessierte sich für die Häuschen hier und dort, Paul für die Windmühlen. Herr und Frau Zarnosky interessierten sich für ihre Mittagsruh, indem sie die Augen geschlossen hielten und schwiegen. Halbnackte Landkinder warfen Kornblumensträuße in den Wagen und liefen dann mit offnen Mäulern und ausgestreckten Händen nebenher, auf die Bezahlung erpicht. Es machte John Spaß, sie recht lange darauf warten zu lassen. »Wie heißt ihr?

Wie alt seid ihr?«, fragte er zunächst. Erst als seine Fragen beantwortet waren, ließ er langsam Pfennige regnen.

Ein freundliches Dörfchen mit vielen Storchnestern auf den Dächern und vielen bunten Blumen in den Gärten glitt rasch vorüber. Dahinter kreuzte die Chaussee eine Bahnstrecke. Dann kamen wieder Wiesen und Felder und Rossgärten mit weidendem Vieh. Und schließlich kam der Wald, der alte Tannenwald, nach dem sich John so sehr gesehnt hatte. »Ah!«, machte er lächelnd, als der Wagen aus der grellen Helle in den Schatten der Bäume rollte.

»Wie es duftet!«, murmelte Herr Zarnosky, die Augen öffnend.

»Nicht wahr?«, sagten die Söhne wie aus einem Munde.

»Aber die vielen Bremsen!«, seufzte Frau Zarnosky, an die Pferde denkend.

Nach einer halben Stunde hielt der Wagen vor dem Waldgasthaus. Hier war die Chaussee zu Ende und ein tiefer Sandweg begann. Das Gasthaus lag breit und weiß am Wege mit grünen Fensterläden und zwei Storchnestern auf dem bemoosten Schindeldach; es sah ehrbar und freundlich aus. Der hagere Wirt stand vor der Tür und hieß die Herrschaften etwas still willkommen.

Hinter dem Hause streckte sich ein langer, verwilderter Garten mit zwei Holzkolonnaden und einem großen Grasplatz, auf dem ein paar Turngeräte standen. Die Familie Zarnosky setzte sich in eine Tannenlaube am Rande des grünen Platzes. John lehnte sich an, faltete die Hände, ließ die Daumen umeinander laufen und lächelte krank und müde. Ein alter, krummbeiniger Kellner erschien und säuberte gewissenhaft den Tisch.

»Es riecht schon nach Heu«, sagte Herr Zarnosky, mit der Nase schnuppernd.

»Und irgendwo müssen Linden blühen«, stotterte John.

»Wenn der Kaffee hier nur nicht so grässlich wäre«, versetzte Frau Zarnosky in unwirschem Ton.

»Du darfst ja nur eine kleine Tasse trinken«, erwiderte ihr Gatte.

»Ist mir auch noch zu viel«, nörgelte sie.

Herr Zarnosky bestellte Bier, Selterswasser, Kaffee und Kuchen. Der alte, krummbeinige Kellner dienerte und verschwand. Bald kam das Bestellte und wurde genossen. Frau Zarnosky und Paul nippten nur ein wenig an ihrem Kaffee, und Dore nahm sich dann der beiden Tassen an, nachdem sie die eigene mit Vergnügen geleert hatte. An Sonntagen war das Waldgasthaus immer sehr besucht, heute am Alltag war es leer. Mit der Zeit fanden sich noch drei andere Familien ein, die auch mit eigenem Fuhrwerk kamen. Mehr Besuch erschien nicht. Der hagere Wirt ging an den leeren Tischen vorüber und rieb sich mit abwesender Miene die Hände. Paul beobachtete ihn durch die Tannen.

»Der macht nicht mehr lange«, sagte er plötzlich.

»Wer?«, fragte John erschreckt.

»Der Wirt«, brummte der Junge.

»Gehen wir in den Wald?«, fragte der Vater, sich im Kreise umblickend.

»Ich bleibe hier«, sagte John. »Aber ihr andern könnt ja gehen. Auch Frau Kalnis.«

»Ich bleib bei Ihnen, Herr Johnche«, versetzte Dore beflissen.

»Dann bleiben wir doch schon alle hier«, entschied der Vater.

Paul sprang auf, um zu den Turngeräten zu gehen, weil ihm das ewige Sitzen unerträglich wurde. Und dann war ihm auch, als säße der Tod in der Tannenlaube und als ginge der Tod durch die Gänge des Gartens. Paul wünschte häufig, dass John bald stürbe. Er empfand keine Liebe für diesen Bruder, der, so weit er zurückdenken konnte, schon immer als Taugenichts galt. Pauls Gefühle für John schwankten zwischen Abneigung und verächtlichem Mitleid. Ebenso erging es Leo. Die beiden Jungen hatten nichts Böses begangen, als er auch sie überall zu verleumden begann. Das verziehen sie ihm nie, hart wie Kinder sind, und sie verziehen ihm auch nie sein herabgekommenes Äußere. Sie mieden ihn jetzt wie einen Aussätzigen, sie sahen fremd über ihn hinweg, wo sie ihn trafen. Und das kränkte John, da er sie im Grunde sehr lieb hatte, das reizte ihn zu Roheiten ihnen gegenüber und zu immer neuen Verleumdungen über sie.

Paul rannte auf dem Schwebebaum hin und her, zur Aufbesserung seiner Stimmung wie eine Dampfmaschine pustend. Er versuchte an dieses und jenes zu denken; aber John beherrschte seine Gedanken.

Wie einem Todkranken wohl zumute war?

Paul schielte eine Weile nach dem gelben Gesicht in der Tannenlaube und blickte dann rasch nach der strahlenden Sonne. Jetzt glaubte er zu wissen, wie einem Todkranken zumute war; aber aussprechen hätte er es nicht können. Und er konnte auch seine gedrückte Stimmung nicht loswerden, obgleich er so tat, als sei er vergnügt, indem er auf dem Schwebebaum hin und her sprang, bald mit den Armen, bald mit der Mütze schlenkernd.

»Seht bloß Paul an!«, murmelte John, der sich schlechter und schlechter fühlte, mit zuckenden Lippen.

»Der Junge ist vergnügt«, schmunzelte der Vater.

»Er ist grässlich«, dachte John, die Zähne zusammenbeißend.

Die Mutter ahnte, was in John vorging. »Paul!«, rief sie mit scharfer Stimme. »Benimm dich vernünftig! – Denkt der Bengel denn gar nicht an seinen Bruder?!«

John zuckte zusammen. »Warum soll er an mich denken?«, fragte er rau.

Frau Zarnosky machte ein wehleidiges Gesicht. »Lass nur gut sein«, sagte sie tröstend, »es kommt auf den, auch auf jenen; es kommt auf jeden einmal. Du kannst auch noch gesund werden.«

John hätte am liebsten losgeheult. »Ich möchte hier gern ein bisschen allein sitzen«, stieß er hastig hervor, als er seiner Stimme die nötige Festigkeit zutraute.

»Wird das gehen?«, fragte die Mutter besorgt. »Soll Frau Kalnis nicht wenigstens bei dir bleiben?«

»Ich will sie nicht sehen!«, brach er los. »Ich bin kein kleines Kind! Ich kann allein sitzen! Ihr ärgert mich bloß!«

»Wir ärgern dich?«

»Ja!!!«

»Man darf es ihm nicht übelnehmen«, sagte die Mutter, »er ist so furchtbar nervös.«

John winkte nur stumm mit der Hand, sie möchten verschwinden, und diese Geste hatte etwas so Verzweifeltes und so Zwingendes, dass sich die Eltern denn auch ziemlich rasch mit Paul und Frau Kalnis auf den Weg machten. Aber Dore wurde nach wenigen Schritten auf einem versteckten Platz zurückgelassen, damit sie auf John, ungesehen, achtgäbe.

Paul sprang seinen Eltern, aufatmend, voraus. Er meinte, es müsse heller werden, sobald er John und den Garten hinter sich hatte. Anfangs schien's ihm auch so; aber dann musste er immer wieder an ihn denken und sich vorstellen, wie er so allein in der Tannenlaube saß. Dazu bewölkte sich der Himmel, und ein kaum wahrnehmbarer Wind zog mit geisterhaftem Seufzen durch die Tannenkronen. Ein Waldvogel stieß eine Reihe schmerzlicher Töne aus und wiederholte sie dann immer aufs Neue.

»Ich könnte weinen«, sagte die Mutter, als eine Krähe krächzend über den Wald flog. Der Vater schwieg mit gleichmütiger Miene.

»Wir wollen lieber umkehren und nach Hause fahren«, stieß Paul leise hervor, doch die Eltern gaben keine Antwort und gingen wie im Traume weiter.

Der Junge blieb hinter ihnen zurück und sah sich mit großen Augen um.

Wie die Bäume standen und starrten! Wie sein Herz klopfte! Wie die Stille im Walde sauste! Oder war es das Blut in seinem Kopf? Er steckte die Finger in die Ohren; aber da wurde das unheimliche Sausen noch stärker. Er reckte sich mit einem zitternden Seufzer und spuckte beklommen auf den Weg.

»Wenn ein Ast sich vom Stamm lösen will«, ging es plötzlich durch seinen Kopf, »dann merkt es der ganze Baum.«

Und der Wald stand da wie erstarrt, wie versteint, und alle Bäume schienen feindlich und erwartungsvoll auf ihn zu blicken. Paul stieß einen langen, hellen Ton aus, um den Bann zu brechen, der wie über ihm auch über dem Wald zu liegen schien.

Und er erschrak. Denn ein Echo gab den Ton so seltsam wieder; er kam als ein Klagelaut durch die Stille zurück.

Paul graute es plötzlich. Er sprang seinen Eltern nach, um ihrem traurigen Wandern ein Ende zu machen. Die Mutter war bei seinem Ton erschrocken stehen geblieben und sah sich um. »Wollen wir nicht umkehren?«, rief er ihr mit forcierter Munterkeit zu. »Kehren wir doch lieber um! Hier ist es ja so langweilig!«

»Ja, wir wollen umkehren«, versetzte sie mit Hast und Bestimmtheit. Sie schien den Sinn dieses Wortes erst diesmal zu fassen. »Komm!«, sagte sie rasch zu ihrem Mann.

»Schon umkehren?«, brummte er. »Nanu?«

»Hier ist es grässlich«, murmelte sie. »Man geht ja hier wie in die Verbannung. – Wer weiß, was ihm noch im Garten passiert?!«

»Was kann ihm da passieren?!«, erwiderte er spöttisch, obgleich er ebenso gern umkehrte wie sie und der Junge.

Paul machte mehrmals den Weg, den seine Eltern nur einmal machten, weil er wie ein junger Hund immer hin und zurück lief. Als sie schon bald am Gasthaus waren, kam er ihnen mit rotem Gesicht entgegengestürzt: »Vater, Mutter, John sitzt bei den Kutschern und spielt Karten! Wir müssen durch die Seitentür gehen.«

Herr Zarnosky wollte sofort hineilen, um John vom Kutschertisch fortzuholen, doch seine Frau stellte sich ihm in den Weg, aus Furcht vor einem Skandal. Sie überredete ihn so lange, bis er ihnen durch die Seitentür folgte; aber er war so wütend, dass er fast keine Antwort gab.

Frau Kalnis saß friedlich auf ihrem Platz, John noch immer in der Tannenlaube wähnend.

»Er sitzt bei den Kutschern!«, herrschte Herr Zarnosky sie an.

Die Augen aufreißend, schlug sie die Hände zusammen. »Bei die Kuhtschers?«, wiederholte sie erbleichend.

Der Kellner kam und fragte, ob etwas gefällig sei. Frau Zarnosky hatte einen Einfall. »Es gibt ja Krebse«, sagte sie rasch. Und leise zu ihrem Mann: »Bestell welche! Dann wird er bald hier sein.«

John hatte seine Eltern nicht so rasch zurück erwartet, sonst wäre er beizeiten auf seinem Platz gewesen. Und nun wagte er sich nicht in die Tannenlaube, aus Angst vor dem Vater. Als Frau Kalnis ihn in den Garten bitten kam, wurde er aus Angst frech: er käme nicht, er amüsiere sich hier besser. Als sie für Rodenberg zwei Krebse brachte, die John leckrig machen sollten, riss er den Teller an sich und zeigte den wiehernden Kutschern, unter unfeinen Redensarten, wie man Krebse äße. Die Kraft dazu holte er sich fleißig aus Rodenbergs Seidel, das Braunbier mit Rum enthielt. Der alte Kutscher redete ihm zu, mit Frau Kalnis zu gehen; aber John rührte sich nicht. Hier sei es gemütlich. Hier ärgere ihn niemand. Er sei hier unter ehrlichen Menschen.

Der Kutschertisch stand dem Gasthaus gegenüber, jenseits der sandigen Landstraße neben einer alten Eiche. An ihrem bemoosten

Stamm hing eine hölzerne Tafel mit Worten, die schon lange nicht mehr zu lesen waren; aber man wusste, dass sie den Heldenmut eines im Kriege gefallenen Brüderpaares priesen. Frau Kalnis ließ ihren schwarzen Rock wieder im Sande schleppen, als sie den Kutschertisch verließ, aus Furcht, John könne ihr etwas Hässliches nachrufen, wenn sie ihn aufzuheben wagte. Ihre Backen glühten, und der Veilchenhut saß schief auf ihrem dünnbehaarten Kopf.

Sobald John mit den Krebsen fertig war, griff er wieder nach den Karten. Rodenberg stand auf und machte sich an den Pferden zu schaffen, in der Hoffnung, dass John dann gehen werde. Vergebens. Herr Zarnosky junior bot den fremden Kutschern jetzt Brüderschaft an, und wenn er eine Karte ausspielte, so knallte er sie wie die andern mit der Faust auf den Tisch. Die Kutscher hatten die Röcke ausgezogen und saßen in Hemdsärmeln da. Der Kopf des einen war wie eingeschroben in einen mächtigen, feuerroten Fleischwulst, der rings um seinen Hals lief. John musste immer wieder auf diese rote, faltenschlagende Masse starren. Schließlich bat er den Kutscher um die Erlaubnis, sie betasten zu dürfen. Der Mann hatte nichts dagegen und ließ es gutmütig geschehen. In den Zweigen der Eiche hub ein Vögelchen zu zwitschern an: »Züzüzüzüühe« … Die Kutscher achteten nicht darauf; aber John legte den Kopf auf die Seite, machte ein liebliches Gesicht und erwiderte: »Zekü, zekü, zekü« … Und die Poesie des einsamen Platzes an der Waldstraße überwältigte ihn plötzlich so, dass er erblasste.

Frau Kalnis kam abermals durch den Sand gestiefelt, um Rodenberg zu bestellen, dass er sofort an der Seitentür vorzufahren habe. John erhob sich wie im Traum. »Schon? Schon nach Hause?«, stammelte er erschreckt.

Als die Familie aus dem Garten trat, sah sie ihn wie einen armen Sünder, der sich nicht zu nähern wagt, mit hängendem Kopf am Zaune stehen. Die Mutter war sofort gerührt. Sie eilte zu ihm hin und führte ihn unter sanften Vorwürfen zum Wagen. Der Vater blickte ihn flüchtig an: »Wir sprechen uns später«, sagte er hart und kurz.

Der Wind schien eingeschlafen zu sein, und der Himmel war klar geworden. Er hing gleich einer riesengroßen, blauen Glasglocke überm Walde. Die Bäume standen hoch und still, und das taktmäßige Trappeln der Rappen zog wie Musik durch den schweigenden Forst. John atmete laut und hastig. Sein Kopf sank beim Fahren bald nach rechts, bald nach links. Der Vater erhob sich und wies ihm kurz seinen Platz an, weil er sich dort besser anlehnen konnte. Diese Fürsorge rührte den armen Sünder bis zu Tränen. Sich schneuzend begann er nachzudenken, wodurch er sich der erwiesenen Güte würdig zeigen konnte. Er sah mit abbittender Miene vom Vater zur Mutter, und das Denken fiel ihm furchtbar sauer, weil Rodenbergs Mischung bei ihm zu wirken begann. Plötzlich griff er mit aufleuchtenden Augen in die Tasche und zog zwei sandige, bleierne Teelöffel heraus, die er mit triumphierender Miene im Kreise herumzeigte. »Für Frau Rodenberg«, sagte er mit Augen, die um Beifall baten.

»Die hat er aus dem Gasthaus mitgenommen«, rief Paul erblassend.

»Aber dort gefunden«, schmunzelte stolz der Betrunkene.

Der Vater riss ihm die Löffel aus der Hand und warf sie aus dem Wagen. »Wir sprechen uns schon zu Hause«, sagte er wieder.

John ließ die Unterlippe hängen wie ein arg enttäuschtes Kind, das weinen will. »Sie trieben sich doch unterm Kutschertisch im Sande herum«, stotterte er.

Paul hob die Augen zum Himmel auf. »Er gehört ganz einfach in eine Anstalt«, murmelte er, den Kopf schüttelnd.

»Ja, du!«, blubberte John gekränkt.

»Wenn es die Kutscher nun gesehen haben?«, jammerte Frau Zarnosky.

»Nichts jesehn«, stammelte John. »Und sie sind doch nur für Frau Rodenberg.«

Er begriff die Menschen nicht mehr, und sie gefielen ihm ganz und gar nicht. Das Leben war eine einzige sonderbare Scheußlichkeit. Und er hatte nichts als Feinde.

Paul hatte sich vorgebeugt und hielt sich das Taschentuch vor die Nase, weil er Johns Alkoholatmosphäre nicht anders ertragen konnte. Von Zeit zu Zeit stieß er indigniert die Luft aus. John beobachtete ihn mit wachsendem Grimm; aber die Stille im Wald zügelte ihn gegen seinen Willen. Frau Kalnis begann schüchtern und wenig erwünscht von der Schönheit des Sommertages zu sprechen und von der

Schönheit der hohen Tannen. Niemand erwiderte etwas. Sie verstummte.

Der Wald wich zurück, und die Felder begannen. Paul entfaltete das Taschentuch und fächelte sich seufzend und pustend frische Luft zu. John ließ ihn schweigend gewähren; doch seine Augen weiteten sich vor Wut, seine Hände zuckten krampfhaft hin und her, und auf einmal, noch ehe der Vater es hindern konnte, versetzte er seinem Bruder einen heftigen Schlag in den Rücken.

Frau Zarnosky, die mit geschlossenen Augen dagesessen hatte, schrie laut los, als Paul plötzlich auf ihren Schoß kippte. Die Kalnis schlug die Hände zusammen und klagte es stürmisch ihrem »jerechsten Vater«. John verteidigte sich mit heftigen Worten. Der plötzliche Tumult im Wagen war so groß, dass die Rappen ängstlich die Ohren spitzten und dann ein Tempo begannen, dem der erschreckte und angetrunkene Rodenberg nicht gewachsen war.

»Die Pferde gehen durch«, flüsterte Paul, der es zuerst bemerkte.

»Was? Was?«, wiederholte entsetzt die Mutter, und nun verfiel sie in ein angstvolles Weinen und Jammern, das die jagenden Pferde noch mehr erschreckte.

Dampfend und zischend brauste von links ein Zug daher. Wie das Unheil selbst, so glitt er in großem Bogen unaufhaltsam der Chaussee entgegen, die er vor dem Dörfchen zu kreuzen hatte. Und die Pferde ließen sich nicht zügeln, obgleich Rodenberg, den das Entsetzen rasch ernüchterte, seine ganze Kraft aufbot; sie jagten jetzt dahin, als wollten sie mit dem Zug um die Wette laufen. Die Mutter hielt Paul mit geschlossenen Augen umschlungen und merkte nicht, dass John angstvoll und zärtlich ihre Hand zu fassen suchte. »Ruhe, nur Ruhe!«, sagte Herr Zarnosky, der sich erhoben hatte und nach Hilfe umherspähte. Paul hörte schon in seiner Fantasie das Krachen, das erfolgen musste, wenn der Zug über Wagen und Pferde ging, und vor diesem Krachen graute ihm fast am meisten. Gleichzeitig dachte er mit der Lebensfülle der Jugend: »Ich kann nicht sterben – und die andern auch nicht; es wird nichts passieren.«

John lehnte sich wieder zurück und schloss mit ergebener Miene die Augen: Seine Angst war plötzlich verflogen. Er dachte: »Nun brauchst du nicht allein durch die dunkle Pforte zu gehen; nun geht

ihr alle zusammen.« Er sagte sich gar nicht, dass er an dem, was vorging, schuld war. Ihn quälte nur eins: dass er Peter in der Welt zurück-
lassen musste.

Seine Todesergebenheit ging in Ekstase über: Es dünkte ihn schön,
an diesem wundervollen Sommernachmittag mit Vater und Mutter
zu sterben. Ja, ihm war, als flögen sie schon alle zusammen durch den
Himmelsraum, einem gewaltigen Ereignis – Gott entgegen. Er hörte
bereits eine seltsame Musik, die ihn schon aus dem Jenseits dünkte.
Wie aus der Ferne vernahm er Dores leises Beten, und er faltete die
Hände, um ihr nachzutun, aber er konnte sich auf das, was er sagen
wollte, auf das »Vaterunser« gar nicht besinnen.

»Festgemauert in der Erde ...« Nein, das war kein Gebet. Doch da
ihm nichts Besseres einfiel, ließ er ruhig noch ein paar Reihen des
Gedichtes folgen, weil er plötzlich fühlte, dass es auf die Worte nicht
ankam, dass die Empfindung, die zum Beten treibt, das Wichtigste
ist.

Nun ging er nicht allein in das große ungewisse Land, nicht ohne
Schutz, nicht ohne Verteidiger: Vater und Mutter kamen mit – wie
beruhigend das war. Und wie seltsam es war, dass er nun bald wissen
würde, was hinter dem Tode kam.

Vor der herabgelassenen Barriere scheuten die Rappen zurück und
bäumten wild in die Höhe. »Haltet sie!«, schrie Herr Zarnosky ein
paar herbeieilenden Männern zu; denn nun wollten die Tiere nach
der Seite, um durch den Graben ins Feld zu jagen oder auch auf die
Schienen, und der Zug tauchte hinter dem nächsten Gehöft auf.
»Haltet sie!«, schrie Herr Zarnosky noch einmal, weiß wie der Tod
im Gesicht, und alle standen jetzt im Wagen, bereit, im letzten Augenblick herauszuspringen. Aber es gelang den kräftigen Männern, die
Pferde zum Stehen zu bringen.

11.

Unförmige Wolken zogen wie seltsame Tiere durchs Himmelsblau.
Es war Nacht, und die Mondsichel lugte gleich einem gelben, schielen-
den Auge über die Wolkentiere herüber. »Er scheint; aber ich kann

ihn hier nicht sehen«, murmelte John, der im Nachthemd am Fenster saß und Selterwasser trank. Sein Wohn- und Schlafzimmer war jetzt der Saal in der elterlichen Wohnung, weil er die Treppe zu seiner eignen nicht mehr hinaufsteigen konnte, und dann war es auch oben zu heiß für ihn geworden.

Im Saal war fast alles rot. Tapete, Türen, Vorhänge, der Samtüberzug der Möbel, die Teppiche, alles war rot. Rote Stoffe deckten auch den schwarzen Flügel und den dunklen Tisch. Auf den großen, düsteren Ölgemälden, die allerdings goldene Rahmen hatten, war die rote Farbe die vorherrschende. Das war Zarnosky'scher Geschmack. Dann gab es noch zwei vergoldete, weiße Vasen im Saal, die mit roten Blumen gefüllt auf schwarzen Ständern standen, es gab da noch einen dunkel gerahmten großen Spiegel und einen alten Messingkronleuchter in roter Musselinhülle.

Neben dem roten Sofa stand jetzt Johns Bett, sein niedriges, breites, dunkles Bett, das in Form und Farbe ganz gut in den Saal hineinpasste. John graute es in der Nacht beim Anblick der vielen roten Sessel, die so still und leer um den Tisch und an den Wänden standen, und am meisten graute ihm dann vor den geflügelten schwarzen Drachen, die die Tischplatte trugen. Er sah die Drachen im Traum auf seinem Deckbett kauern und ihn bedrohen, oder er hörte sie, nach ihm suchend, durchs Zimmer schwirren, während er sich in wilder Angst hinter einem Sessel zu verbergen suchte. Wachte er auf, so glaubte er ihre großen, schrägen Augen böse und lauernd auf sich gerichtet zu sehen. Der Tisch war eine Qual mehr für seine Nächte; aber das verriet er niemand, dazu war er viel zu stolz.

Der Saal hatte drei dicht verhängte Fenster mit purpurnen Übergardinen. John thronte auf einem roten Sessel an dem Fenster, das sich seinem Bett zunächst befand, vor sich ein Tischchen mit Selterwasser besetzt. Er hatte die Gardine ein wenig zur Seite geschoben und blickte mit traurigen Augen bald nach dem Himmel, bald in die totenstille Grätengasse. Von Zeit zu Zeit beugte er sich vor und lauschte angestrengt nach der letzten Saaltür hin, die in das Schlafzimmer seiner jüngeren Brüder führte. Dort wurde noch geflüstert und halblaut gelacht. Auf seine Kosten, dünkte es John. Wenn er seinen Namen zu verstehen glaubte, machte er jedes Mal eine Bewegung mit dem Kopf, als ob er ein Insekt verscheuchen müsse.

Das Licht des Mondes erhellte die linke Seite der Grätengasse mit einer matten, geisterhaften Helle. Die alte, enge Straße, in der nur noch wenige Laternen brannten, mündete gleich einem Rohr auf einen breiten, tiefen Strom, in den schon manch Betrunkener in dunkler Nacht hineingetorkelt war. Johns Züge belebten sich, als ein einsamer Wanderer vor dem Fenster auftauchte und über die Straße nach der Grätengasse ging. Den Sargtischler erkennend, zog er sich hinter die Gardine zurück, um seinen Todfeind ungesehen zu beobachten. Der Tischler blieb auf der gegenüberliegenden linken Ecke neben der Laterne stehen und grinste höhnisch zu Johns Fenster herüber. Die wenigsten wussten, warum er die Familie Zarnosky so hasste, und die Zarnoskys wussten es selbst nicht; außer Onkel John: der Märchenerzähler und Verleumder wusste es.

Nach einer Weile löste sich der Tischler von dem Laternenpfahl und ging torkelnd die Straße herunter. Jetzt erst bemerkte John, dass er stark betrunken war und sich nur mit Mühe aufrecht erhielt. Am nächsten Laternenpfahl sah er ihn wieder stehen bleiben und mit der Faust herüberdrohen. John lachte; aber seine Zähne schlugen vor Begier zusammen, wenn er sich vorstellte, er besäße noch seine alte Kraft und könne jetzt hinlaufen, um den Kerl durchzubläuen.

Die linke Seite der Grätengasse hatte noch immer ihre geisterhafte Mondbeleuchtung, doch schon trieben große Wolken heran, um den blanken Halbmond zu verschlingen. Der Tischler war weitergetorkelt und bei seinem Häuschen angelangt, ohne es zu bemerken, wie es schien. John sah, wie er ohne zu zögern daran vorbeischwankte. Zwei Häuser weiter drehte er um und ging auf die andere Seite der Straße, und dann ging er wieder vorwärts. Darauf wurde es recht dunkel, denn nun hatten die Wolkentiere den Mond verschlungen.

Als der Mond wieder hervorbrach, war von dem Tischler nichts mehr zu sehen. Die Grätengasse lag starr und still wie eine Leiche da, und die Laternen hielten die Totenwacht. John nahm an, dass der Betrunkene entweder nach Hause gefunden hatte, oder dass er seinen Rausch in irgendeinem offenen Torweg ausschlief. Dass er verunglückt sein könne, hielt er kaum für möglich.

Das Starren in die leere Straße hatte ihn müde gemacht, er stand auf und legte sich ins Bett. Aber der Schlaf wollte trotzdem nicht kommen. Immer wieder musste er an den schönen Nachmittag denken, als er zusammen mit Vater und Mutter zu sterben glaubte. Nun sollte er wieder allein in das große ungewisse Land. Und er wollte nicht, es graute ihm zu sehr davor. Alle sollten ihn begleiten, seine ganze Familie.

Und das war doch nicht möglich ...

Gegen Morgen erwachte er nach einem schönen Traum und ganz ohne die traurige Musik, die stets beim Erwachen in seinen Ohren zu klingen pflegte. Ihm hatte geträumt, er küsse große, weiche, violette Blumen, und das war so angenehm gewesen, so schön, so beruhigend. Ihm war so wohl gewesen im Traum, und auch noch viel besser war ihm als sonst. Er sehnte sich jetzt nur nach Blumen, nach vielen weichen, kühlen Blumen, in die er sein Gesicht hineinbetten konnte wie in seinem Traum.

Um sieben klopfte es. Frau Kalnis brachte einen Rosenstrauß, den Onkel John geschickt hatte.

Wunder über Wunder, dachte John entzückt, und wie ein Rausch überkam ihn die Hoffnung, er könne vielleicht doch noch gesund werden.

Da er sich so wohl fühlte, stand er bald auf, um sich auf die Veranda zu setzen. Als er heraustrat, wurde er sofort von Peter entdeckt, der schon Turnübungen auf den Rollwagen vollführte. Fröhlich meckernd kam das Tier dahergestürmt, warf die Vorderbeine hoch in die Luft und fiel seinem Herrn buchstäblich in die Arme.

»Herr Johnche!«, rief Rodenberg vom Pferdestall her. »Se sollen mal jleich was Neies heren kommen!«

Johns Herz begann vor Neugier zu klopfen. »Vielleicht kommt noch mehr Gutes«, dachte er. Peter am Halsband nehmend, humpelte er so schnell er konnte über den Hof. »Na?«, fragte er den strahlenden Kutscher.

»Der Beese is diese Nacht besoffen im Wasser jefallen und ertrunken.«

»Das ist gut! Das ist gut!«, rief John mit triumphierender Miene und den zuckenden Bewegungen eines Hampelmannes.

»Ich frei mir ja auch«, sagte Rodenberg bieder.

»Ich hab ja zugesehen, wie er in der Nacht durch die Grätengasse nach dem Wasser ging«, stammelte John, den die Neuigkeit förmlich elektrisierte. »Er war mächtig im Tran. Und alle Augenblicke ist er stehen geblieben und hat nach unserm Hause gedroht.«

»Die Wichse, die uns der Schuft damals beide einjetragen hat, was?«, fragte Rodenberg mit zwinkernden Augen.

John lachte bereitwillig mit. Wie ein Rausch war aufs Neue die Hoffnung über ihn gekommen, er könne – wenn so viel Unerwartetes geschehen konnte – auch noch gesund werden.

Aber als er wieder auf der Veranda saß, da wusste er plötzlich nicht mehr, ob das, was er soeben gehört zu haben glaubte, Traum oder Wirklichkeit gewesen war, und ihm wurde ganz sonderbar und schwindlig. Die Wirklichkeit schien sich langsam von ihm zu entfernen, alle Geräusche wurden leiser, alle Farben matter, und er wurde immer schläfriger, je weiter alles von ihm fortwich. Mit einem angstvollen Lachen griff er nach Peter, der wie ein treuer Hund an seiner Seite stand.

»Alles geht von dir«, dachte John, »aber der verlässt dich nicht.«

Wie warm Peter war. Und wie voll von klopfendem Leben. Und das wollte er töten?!

Das Tier sah seinem Herrn vertrauensvoll ins Gesicht. John wandte den Blick zur Seite und reichte ihm allen Zucker, den er bei sich hatte. Dann stand er auf. »Wir müssen frisches Öl auf die Lampe gießen«, murmelte er, »sonst geht sie aus.« Er schob Peter auf den Hof und begab sich hinein zu der großen Flasche, aus der er tagtäglich Beruhigung und Kräfte bezog.

Seit jenem hässlichen Abend im Gewürzladen erinnerte John diese Flasche immer wieder an den Ölkrug der biblischen Witwe, denn sie wurde wie einst dieser niemals leer. John konnte aus der Flasche trinken, so viel er wollte; unsichtbare Hände füllten sie immer aufs Neue voll. Aber der Kognak schmeckte ihm nur noch selten wie früher, und er vertrug auch nicht mehr viel. Er trank jetzt weniger zum Vergnügen, er trank, um existieren zu können, um nicht vor Schwäche, Unruhe und Schmerzen zu vergehen.

Im Saal war es angenehm kühl nach der Hitze draußen. Frau Kalnis saß strickend und hustend an einem der Fenster und sagte kein Wort, als John ein Wasserglas bis zur Hälfte mit Kognak füllte, das er dann, in seinen Sessel gelehnt, langsam leerte. Sein Gedächtnis kehrte zurück. »Wissen Sie das Neuste?«, fragte er Dore.

»Dass der Tischler ins Wasser jefallen is? Ja, das weiß ich.«

»Na, was sagen Sie dazu?«

»Is gut. An dem war nichts dran. Die Frau wird froh sein.«

»Er ist ins Wasser gefallen, weil ich es wünschte«, prahlte der Trinker.

»Stuss!«, murmelte Dore.

»Hier hab ich in der Nacht gesessen und zugesehen, wie er nach dem Wasser torkelte. Und da hab ich gewünscht, was ich konnte, er möchte reinfliegen – und da is'r reingeflogen.«

»Pfui! Dann sind Se ja e Mörder!«, krähte Dore.

»Stuss!«, echote John.

Nun hatte er wieder Kraft und Unternehmungsgeist, die Schläfrigkeit war gewichen. Die Neuigkeit von heute Morgen hatte ihn sensationslüstern gemacht, neugierig spähte er durch die Gardine die Grätengasse herunter nach dem kleinen, braunen Häuschen, das dem Tischler gehörte. Und je länger er nach dem Häuschen blickte, desto mehr verlangte es ihn, hinzugehen und die Leiche zu sehen. Er liebte es, Leichen zu betrachten, er konnte sich nicht satt sehen an ihren stillen Gesichtern; das Geheimnisvolle in der Ruhe des Totenantlitzes zog ihn immer aufs Neue an. Er gab seiner Mutter nur kurze Antworten, als sie sich liebevoll nach seinem Befinden erkundigte; er wollte fort und sobald wie möglich. Kaum hatte man ihn nach dem Frühstück allein gelassen, so stand er auf und verließ den Saal, um seiner Sehnsucht zu folgen.

Auf der Grätengasse lag das Sonnenlicht so schwer wie ein Alp. Die Straße war wenig belebt, und die meisten Fenster waren verhängt, was den Häusern ein blindes, totes, abweisendes Aussehen gab. Auf einem Hof spielte eine verstimmte Leier eine unschöne Melodie. Die Töne zogen rau und schrill durch die stille, trockne Luft. Von Zeit zu Zeit sprang die Melodie wie toll vor Hitze in die Höhe, um dann jedes Mal mit einem hässlichen Schnarren zu enden. John biss die Zähne zusammen, denn er konnte keine Musik hören, ohne nicht weinen zu müssen. Es fror ihn bald vor Unbehagen, trotz der Hitze, und die Musik erpresste ihm Schweißtropfen. Er hatte schon Lust umzukehren; aber das kleine braune Haus lockte ihn unwiderstehlich.

Auch dort waren alle Fenster verhängt, sodass von außen nichts zu erspähen war. Scheu wie ein Dieb trat John in den Flur und sah durch das kleine Fenster in der Stubentür. Es war von innen mit einem roten Gardinchen verhüllt, durch dessen gehäkelte Spitze man bequem hindurchblicken konnte. John sah die Frau des Tischlers still und vergrämt an einem Tisch sitzen und nähen. Auf dem Fußboden kauerte ihre schwachsinnige kleine Tochter und spielte, unaufhörlich die Lippen bewegend und die Zähne fletschend, mit einer zerrissenen Puppe. Das Bild war unschön und traurig – und von einer Leiche war nichts zu sehen. Entweder befand sie sich in der Hinterstube, oder sie war auch gar nicht im Hause. John wandte sich hastig ab und verließ rasch den Flur.

Vor der Haustür blieb er wieder stehen und starrte, gegen seinen Willen gefesselt, auf das große, schmutzige Schild des Verunglückten.

Solch einen Holzsarg wie da auf dem Schild bekam er nicht, er bekam natürlich einen schönen, weißen Zinksarg, – und der wurde über ihm verlötet, sodass er nicht mehr heraus konnte.

Er wollte nicht verlötet werden. Er wollte lieber so, wie er ging und stand, zur Hölle fahren, als verlötet werden.

Was dachte er immer ans Sterben?! Er konnte ja auch noch gesund werden.

Die Hitze verursachte ihm Schwindel und Herzklopfen, es wurde ihm bald heiß, bald kalt. Dazu schossen noch immer die schrillen Leiertöne wie Raketen durch die Luft, und es roch nach qualmendem Pech, das in einiger Entfernung auf der Straße gekocht wurde. John wurde es so übel und so wirr im Kopf; er wusste nicht mehr, wo er war. Die gellenden Töne schienen schadenfroh gegen ihn anzuspringen, schienen ihn umwerfen zu wollen. Es sah aus, als wolle er tanzen, so drehte er sich plötzlich um sich selbst.

»Solch eine Frechheit«, stammelte er. »Ich ...« – Er griff in die Luft und fiel besinnungslos zur Erde.

12.

Es brannte eine Lampe im Saal, und Johannes saß bei John am Bett und unterhielt sich mit ihm in ängstlichem Flüsterton; denn draußen zog ein schweres Gewitter herauf. Es war drei Tage her, dass man John bewusstlos in der Grätengasse fand. Seitdem lag er fest zu Bett.

»So schwarz, schwarz ist der Himmel«, wisperte Johannes, sich schüttelnd.

»Wenn die Welt doch untergehen möchte«, dachte der Kranke, »wenn die Erde sich doch auftun möchte und uns alle miteinander verschlingen!«

»So schwarz wie Onkel Chlodwigs Sofa«, setzte Johannes hinzu.

»Ja«, sagte John, »und dahinter steht vielleicht noch glänzend die Sonne. Zu denken!«

Der Idiot knackte verlegen mit seinen mageren Fingern. »Hab Angst, hab Angst«, stammelte er.

John blickte starr vor sich hin. »Erst alles schwarz«, murmelte er, »alles trüb und dunkel. Aber dahinter kommt vielleicht die Sonne – die nie mehr untergeht.« Plötzlich fuhr er heftig in die Höhe. »Hörst du, wie es bröckelt?«, flüsterte er erregt. »Sie machen mich entzwei, ohne dass sie mich anrühren, ohne die Hände zu bewegen.«

»Wer? Wer?«

»Dort!« John zeigte nach der Tür, die in das Zimmer seiner Brüder führte, und dann nach der Tür zum Esszimmer. »Dort und überall!«, stöhnte er.

Und nach einer Pause: »Sie wünschen mir den Tod, damit ich sie nicht länger geniere. Sie füllen mir immer wieder die Flasche voll, damit ich mich nur rasch totsaufe. Aber ich nehm' welche mit, ich geh nicht allein. – Hier ...«, er zog mit zitternden Händen unter dem Laken ein Päckchen hervor und zeigte es Johannes. »Schlafpulver, die ich nicht genommen habe, die ich für andre aufsparte. Ja ...«, und er lachte wie ein Blöder, und der Schwachsinnige lachte mit.

Die ins Entree führende Saaltür wurde ungeschickt aufgerissen, und Markus, Johannes' Bruder, stürmte aufgeregt herein. »Tante Anna, Tante Anna, ein Küsschen, bloß ein Küsschen!«, rief er mit schmelzender Stimme, indem er sich verschämt das eine Auge mit der Hand verdeckte.

»Idiot!«, knurrte Johannes, der sich gegen Markus die Klugheit selbst dünkte und diesen immerfort schalt und berief, wenn ein Dritter zugegen war, aus Furcht, man könne ihn sonst für ebenso einfältig halten wie seinen Bruder. »Scher dich raus!«, herrschte er ihn an.

Der baumlange Markus prallte einen Schritt zurück; denn obgleich er eine ungeheure Kraft besaß, hatte er doch ziemlich viel Respekt vor seinem älteren und klügeren Bruder. »Johnche erlaubst, Tante Anna, Tante Anna sprechen?«, fragte er bescheiden, den unförmigen Kopf auf eine Seite gelegt.

»Das muss ich mir erst eine Stunde überlegen«, scherzte John.

Markus verzehrte sich fast in Liebe zu Tante Zarnosky. Dieser heimtückische, wenig folgsame Idiot wurde unter ihren Blicken ein sanftes, aufs Wort gehorchendes Kind. Für Frau Zarnosky hätte Markus sich kreuzigen lassen. Er stieß einen Freudenschrei aus, als seine Angebetete in den Saal trat. »Tante Anna, Tante Anna«, schrie er erregt, »neue Stiefel, neue Stiefel!« Und dabei hob er den einen Fuß, um die neuen Stiefel zu zeigen, so hoch in die Höhe, dass er beinahe das Gleichgewicht verlor.

Frau Zarnosky lud ihn ein, zu Paul und Leo ins Esszimmer zu gehen, da sein lautes Wesen den Kranken angriff. Markus drehte sich indessen so lange seufzend an der Tür herum, bis sie ihm vorausging.

Johannes sah seinem Bruder mit rollenden Augen nach. »Idiot, Idiot!«, schimpfte er, ganz rot im Gesicht.

»Und dieser Idiot«, sagte John bedeutungsvoll, »wird deine ganze Gesellschaft sein, wenn ich erst tot sein werde.«

Johannes verstand das nicht; aber es ängstigte ihn trotzdem. »Willst wirklich sterben?«, fragte er leise.

Der Kranke seufzte. »Es wird mir nichts anders übrig bleiben«, entgegnete er.

»Johnche«, wisperte Pfarrer, »wenn's nich sehr weh tut, komm ich auch.«

John verzog das Gesicht. »Soll ich dir meine Pistole geben?«, fragte er freundlich.

»Neinei! Spaß jemacht! Spaß jemacht!«, stammelte Johannes erschreckt.

»Tut ja nicht weh«, scherzte John. »Ein Knall – und du bist weg und gleich im Himmel, wo es Zigarren und Bratäpfel und Glacéhandschuhe haufenweis gibt.«

Der Schwachsinnige senkte bestürzt den Kopf. »Im Sommer ...«, begann er auf einmal, und dann stockte er ratlos.

»Was ist im Sommer?«, fragte John.

»So schön! So schön!«

»Und da möchtest du nicht weg! Was?«

»Nein«, flüsterte Johannes.

»Aber wenn ich nun sterbe«, fuhr John mit erzwungener Ruhe fort, »kann morgen, kann übermorgen sein, dann wirst du es schlecht haben. Für die andern bist du doch nur ›der Idiot‹. Wer wird sich mit dir unterhalten? Und eure Marie, die wird für euch noch miserabler kochen als jetzt, wenn ich nicht mehr schmecken kommen werde. Sie wird euch hungern und frieren lassen ...«

»Neineinei!«, winselte Johannes. »Wirklich wahr? Wirklich wahr?«, jammerte er.

»Gewiss«, entgegnete John. Aber dann tat ihm der arme, bestürzte Bursche leid. »Na«, sagte er, sich zu einem Lachen zwingend, »vielleicht gibt es auch noch einen andern Ausweg, als – ich will mal nachdenken, was ich noch für euch beide tun kann.«

»Ach ja –!«, sagte Johannes, und seine ganze Todesangst und seine ganze Lebensgier war in dem Zittern seiner Stimme.

»Nun geh!«, flüsterte John. »Ich bin müde, ich will schlafen. Das Gewitter kommt noch nicht so rasch.«

»Und du wirst? Wirst ...?«

»Ja, ja ...«

Als der Schwachsinnige gegangen war, schloss John die Augen und weinte.

Auch der wollte nicht sterben. Selbst so ein hilfloser, von allen verspotteter, armer Idiot hing am Leben – es war so schön im Sommer ...

Und seiner Familie wünschte er den Tod. Und Peter wollte er erschießen. Nein! Nein! Mochte Onkel John Peter nehmen. Mochte alles leben, was da leben durfte. Es war so schön im Sommer ...

13.

Der Vater kam und saß an seinem Bett, Onkel John kam, Onkel Chlodwig, auch Eugen saß oft bei ihm. Die Mutter war vom Morgen bis zum Abend um ihn, und der Arzt erschien jeden Tag. Paul und Leo betraten den Saal nur selten. Auf ihre Fragen nach seinem Befinden erhielten sie auch nur selten eine Antwort von John, und doch war er auf ihre Besuche am stolzesten. Meistens lag er ganz ruhig da, und die Fliegen umsummten seinen Mund.

Einmal, während niemand bei ihm war, ergriff ihn entsetzliche Todesangst. Sich wild aufrichtend, umklammerte er krampfhaft den Bettstollen und rief: »Ich geh nicht fort, eh' ich nicht weiß, wohin es geht!« Frau Zarnosky hörte es bis auf der Veranda; aber sie vermochte sich vor Schreck und Entsetzen nicht von der Stelle zu rühren. Sie schickte Onkel Chlodwig zu ihm, und dann schickte sie zum Pfarrer, damit er John von Gott und dem ewigen Leben spräche.

Die Nachmittagssonne strömte ihren Glanz durch die purpurnen Fenstervorhänge, als der Geistliche, hoch und würdevoll, in den Saal trat. Er war der Sohn eines Bauern und trat auch in Krankenstuben nicht leise auf. Als er durch den stärksten der roten Lichtströme ging, flammte sein rötlichbrauner Vollbart wie Zunder auf, und sein starkknochiges, fanatisches Gesicht schien in diesem feurigen Rahmen zu übermenschlichen Dimensionen anzuschwellen. Er war großartig anzusehen, wie er so durch den Glanz schritt mit der Zuversicht seines Dünkels und seines Glaubens. Er fixierte John so lange, bis dieser verlegen die Augen niederschlug. »Wie geht's, mein lieber Konfirmand?«, fragte er liebevoll und pathetisch, während sein Bart erlosch und sein Gesicht zusammenschrumpfte.

John schob seine zitternde Trinkerhand mit Anstrengung in die ausgestreckte feste Rechte des Pfarrers, murmelnd, dass es ihm schlecht ginge.

»Wir haben den lieben Herrgott und unsern Herrn Christus vergessen, nicht wahr?«, fragte der Geistliche in eindringlichem Flüsterton.

»Ja«, stotterte der Trinker mit einem kindischen und albernen Lachen.

»Wir haben vergessen, was wir vor dem Altar gelobten, nicht wahr, mein lieber John?«

»Ja.«

»Und wir sind böse und gottlos gewesen?«

»Ja.«

»Und wir bereuen jetzt, ist es nicht so?«

»Ja.« – John war bereit, zu allem »ja« zu sagen, was der Pfarrer ihn fragte. Es ging eine faszinierende Macht von diesem Bauernsohn aus, der er in seiner Schwachheit nicht gewachsen war. Vergebens suchte er seine Blicke aus denen des Fragenden zu reißen; er zog sie immer wieder an sich. John lag wie gefesselt da, und seine Seele kämpfte erfolglos gegen den Starken an seinem Bett.

»Ist Ihre Reue auch aufrichtig? Fühlen Sie aufrichtige Reue?«, fuhr der Geistliche noch eindringlicher fort.

»Große Angst«, stammelte der Kranke.

»Wir wollen beten!« – Das klang wie ein gedämpfter Posaunenstoß, wie der selbstbewusste Ruf eines bevorzugten Vasallen um Audienz bei seinem Herrn. John schloss ermüdet die Augen und ließ ihn reden, was er wollte. Er hörte kaum zu; aber seine Verzweiflung wurde doch stiller unter dem warmen Strom von Glauben und Zuversicht, der sich mit den Worten des Betenden über ihn ergoss.

»Hören Sie auch zu?«, fragte plötzlich der Pfarrer.

»Ja«, sagte John leise.

»Beten Sie auch mit?«

»Ja.«

»Wird Ihnen leichter ums Herz?«

»Ja.«

»Und Sie bereuen? Voll Vertrauen auf einen barmherzigen und gnädigen Gott?«

»Ja.«

»Der Glaube kann Berge versetzen!«, rief der Pfarrer, dass es dröhnte. Und dann leiser: »Wenn Sie von ganzem Herzen bereuen, dann wird der Herr Ihre Sünden auslöschen, und Sie werden eingehen zur ewigen Seligkeit.«

»Zur ewigen Seligkeit?«, flüsterte ungläubig der Trinker.

»Ja! Zu den Asphodill- und Lilienfluren, zu den Scharen der Seligen mit den goldenen Harfen.« Die Augen des Sprechers leuchteten verzückt.

»Asphodill- und Lilienfluren?«, wiederholte John wie ein Kind. »Und darüber ein Osterhimmel, nicht wahr?«

»Nein! Gott darüber!«, sagte laut und feierlich der Geistliche.

John zuckte in plötzlicher Ergriffenheit zusammen, und der Pfarrer erhob sich.

»Der Herr lasse sein Antlitz über dir leuchten und schenke dir seinen Frieden!«, murmelte er voller Inbrunst, die große, feste Hand segnend über den Todgeweihten gereckt. Und dann ging er mit festen Schritten von dannen, umflossen von der Pracht seines Dünkels und der Zuversicht seines Glaubens. Frau Kalnis öffnete ihm, demütig wie ein Hund, die Tür. Als er ihr die Hand hinstreckte, durchfuhr sie diese Herablassung wie ein Blitzstrahl.

John dachte an die Asphodill- und Lilienfluren; seine Fantasie schuf Bilder auf Bilder. O ja, er hatte schon Lust, nach jenen Fluren auszuwandern, nur glaubte er nicht, dass sie existierten. All das waren schöne Märchen für Kinder und Schwachsinnige.

»Na, wie ist Ihnen jetzt?«, fragte Frau Kalnis, noch ganz heiß von dem Händedruck.

John machte mit Gewalt ein verschmitztes Gesicht. »Wissen Sie was«, entgegnete er, »der Mövius hat direkte Telefonverbindung« mit dem lieben Gott.«

»Oa!«, rief sie enttäuscht. »Is das alles, was d'r Mann bei Ihnen ausjerichtet hat?«

»Ich bin schon angemeldet auf den Asphodill- und Lilienfluren«, spöttelte er weiter, »und eine goldne Harfe ist auch schon für mich bestellt. Bei Petrus und Kompanie. Aber nobbel, sag ich dir!«

»Schämen Sie sich!«, schalt die Wärterin. »Sie verdienen nich, im Himmel zu kommen! Sie werden auch nich!«

»Ich will auch gar nicht«, brummte er, »ich will hier bleiben und gesund werden. Es ist mir noch lange nicht genug!«

»Noch nich jenuch jetrunken, was?«

»Alles noch nicht genug«, murmelte John, unnatürlich die Augen aufreißend.

»Wenn der Mövius mein Vater gewesen wäre«, sagte er nach einer Weile, »dann würde ich jetzt nicht hier liegen; dann wäre schon was aus mir geworden.«

»Sie beleidjen Ihren Vaterche!«, zeterte Dore. »Hat er nich alles für Sie jetan, was sein muss und sein kann?!«

»Er hat es nicht verstanden«, murmelte John.

»Was sagt er?«, fragte Frau Zarnosky, mit geröteten Augen ins Zimmer tretend.

»Er fantasiert e bissche«, half sich die Wärterin.

Frau Zarnosky ließ sich am Krankenbett nieder und ergriff still und mit den Tränen kämpfend ihres Sohnes Hand. »Heul doch nicht immer!«, hätte John am liebsten gerufen; aber er wollte die Mutter nicht kränken und auch nicht zeigen, dass ihm ihre Tränen eine Qual waren. Er schloss die Augen und tat, als wolle er schlafen.

Als sie ihn eingeschlafen glaubten, ließ Frau Zarnosky ihren Tränen freien Lauf und sagte flüsternd zu Dore: »Lange wird es nicht mehr dauern.«

»Neinei«, entgegnete diese.

»Ich darf mir wohl keine Vorwürfe machen«, fuhr die Mutter fort. »Ich hab wohl für ihn getan, was in meinen Kräften stand.«

»Das haben Se«, bestätigte die Wärterin.

John tat sich Gewalt an, um sein Wachsein zu verbergen; aber es wollte ihm nicht gelingen: Sein Herz zersprang vor Zorn und Angst. »Ihr könnt mir alle gestohlen bleiben!«, stieß er verzweifelt hervor.

Frau Zarnosky sprang bestürzt auf. »Aber lieber Junge –«, stotterte sie.

Dore beruhigte Mutter und Sohn. Sie gab John Medizin ein und glättete seine Kissen, wobei ihr Mundwerk auch nicht einen Augenblick stillstand. Trotzdem überhörte sie nicht das schüchterne Klopfen an der Tür. »Das is der Pfarrerche«, sagte sie, resolut »Herein!« rufend.

Und es war der Pfarrerche. »Wie geht's? Wie geht's?«, fragte er, unter Verbeugungen näher tretend.

»Besser natürlich«, erwiderte Frau Zarnosky, und ihre weinerliche Stimme stand in lächerlichstem Gegensatz zu ihren Worten. John hätte aus der Haut fahren mögen.

Johannes schlingerte sich unter verlegenem Händereiben bis zum Bett, setzte sich auf die Kante des Stuhls, den Frau Zarnosky verlassen hatte, und machte hungrige Augen. »Schon Abendbrot, Abendbrot jejessen?«, fragte er verschämt im Kreise herum.

»Gib ihm doch was!«, sagte John rasch zu seiner Mutter.

»Sie sind immer bei App'tit, Herr Pfarrerche liebes, nich wahr?«, schmunzelte Dore.

Johannes sah sie unwillig an. »Wirst jefracht? Wirst jefracht?«, versetzte er indigniert.

Er bekam ein großes Schinkenbrot, das er mit stummer Wollust ergriff. Seine langen, nicht ganz sauberen Finger umklammerten es fest und zärtlich. »Schön, schön … Danke, danke!«, stammelte er mit halbgeschlossenen Augen.

»Na, Pfarrer, wie ist's mit dem Himmel?«, fragte ihn John ganz leise.

Der Schwachsinnige lächelte leer und ängstlich. »Noch e bissche warten; nächstes Jahr, nächstes Jahr.«

»Na, ich weiß was«, fuhr John ebenso leise fort, »Frau Kalnis soll zu euch ziehen, wenn ich tot bin.«

Johannes warf Dore ganz von untenauf einen unbeschreiblichen Blick zu. »Meinst, meinst?«, entgegnete er ziemlich zerstreut, denn das Schinkenbrot nahm seinen ganzen Menschen in Anspruch.

»Ich möchte mit dir tauschen«, flüsterte John, die Augen schließend.

Und er öffnete sie nicht mehr an diesem Abend. Doch im Geiste sah er sein ganzes Leben an sich vorüberziehen: Sommer und Winter, Lenze und Herbste; eine lange Kette von Tagen, die einst gewesen. Dabei wurde er schläfrig und schlief ein. Und seine Träume waren nicht schrecklich, wie in den meisten Nächten; sie hatten etwas Stilles, Wehmütiges und Fernes, und manchmal waren sie auch schön. Einmal ging er im Traum über die Asphodill- und Lilienfluren, auf denen weiße Schafe im Sonnenschein grasten und ein Hirte auf einer Schalmei ein weltfremdes Lied ertönen ließ. John hörte ganz deutlich eine wunderbare Melodie, die ihn so packte, dass er erwachte; aber er öffnete nicht die Augen und schlief bald wieder ein.

Nun flog er durch die Nacht unter lauter Schattengebilden; selbst ein Schatten: Das Leben lag hinter ihm. Und das gab ihm ein Gefühl, als sei eine Tür hinter ihm zugefallen, die sich nie mehr öffnen würde, so viel er auch bitten, flehen und schreien würde. Doch diese Empfindung erweckte nur ein ganz mattes, unklares Entsetzen in ihm. Er flog über meilenweite Schneefelder, auf denen sich dunkle Ungeheuer wanden, tief, tief unter ihm. »Wir können dir nichts mehr tun«, klang es zu ihm herauf, »denn du bist ja schon tot.« Peter (den er erschossen zu haben glaubte) kam ihm entgegengestürmt und begrüßte ihn mit lautloser, schattenhafter Freude. Sobald er ihn fassen wollte, zerfloss das Tier, um sich dann wieder zu einem nebelhaften Gebilde zusammenzusetzen. John bereute bitter, dass er ihn getötet hatte. »Das kümmerlichste Leben«, dachte er, »ist tausendmal besser als tot sein.«

Es wurde sehr früh Tag im Saal, weil das mittelste der Fenster auf seinen Wunsch unverhängt geblieben war: Er wollte doch das Licht genießen, solange er noch konnte. Und nun kam schon früh die Sonne zu ihm herein und weckte ihn ganz leise auf. Die Augen öffnend, sah er sich ratlos um: War er denn nicht gestorben? Ihm wurde so feierlich zumute in dem totenstillen, hellen Raum, er musste plötzlich die Hände falten, und obgleich er nicht betete, war seine Stimmung so fromm wie ein Gebet.

Kam er von Gott, dieser feierliche Frieden, den er plötzlich empfand? War es Gott, der die Verzweiflung von ihm genommen? Der ihn ohne Worte tröstete?

Vielleicht … vielleicht … Wenn es einen Gott gab!

Wie hatte der Pfarrer doch schon gesagt: »Der Herr lasse sein Antlitz über dir leuchten und schenke dir seinen Frieden.«

Vielleicht kam er von Gott.

Die Sonne, die durchs Fenster schien, dünkte ihn schon eine andere Sonne, und alles dünkte ihn schon so anders als gestern. Ihm war, als sähe er auf das Leben wie von einem Berg zurück, den er im Traum erstiegen hatte – und nun wollte er nichts mehr von ihm, auf einmal hatte er genug, war lebenssatt und todesbereit. Und sie war nicht ohne Wollust, diese Hingabe an den Tod, sie war ein ungeahnter Genuss, ein so großer, dass er Mitleid zu fühlen begann für alle, die zurückbleiben mussten und noch weite Strecken auf den gefährlichen, staubigen Wegen des Lebens zu wandern hatten.

Und jetzt war er überzeugt, dass er den Weg gegangen, den sein Schicksal, das heißt seine Anlagen ihm bestimmten, dass es kaum in seiner Macht gelegen, einen andern zu gehen, und dass er darum eher zu beklagen als zu verdammen war. Weder er noch seine Eltern trugen schwere Schuld an seinem Los, weder sie noch er waren im Grunde dafür verantwortlich zu machen. Seine Anlagen waren ihm zum Verderben geworden, das war es! Und seine Anlagen waren eine Laune der Natur, für die niemand verantwortlich war, auch nicht Vater und Mutter, und sie waren stärker gewesen als sie alle zusammen. Laune der Natur war Gutes wie Böses, und das musste hingenommen werden wie Sonne und Regen, wie Stille und Sturm – denn wer konnte die Natur zur Verantwortung ziehen? Nach Willkür brausten die Winde, nach Willkür traf der Blitz, es gab keinen Herrscher über den Launen der Natur. Aber vielleicht, vielleicht gab es doch etwas Liebes und Gutes im All: einen Gott, nicht zum Herrschen, zum Trösten da.

Der Morgen rückte vor. Die Sonne wurde von grauen Wolken bedeckt; Regen fiel. Ein trauriger Wind zog leise klagend an den Fenstern vorüber. Dore saß jetzt am Krankenbett, strickend lauschte sie dem Wind und dem seltsamen Schnarchen des Kranken; in ihren Augen war eine dumpfe Angst vor der Zukunft. Plötzlich erwachte John und sah sie an – und verstand. »Du ziehst zu den Idioten, wenn ich tot bin«, flüsterte er. »Du kannst dir ja ein Mädchen halten. Der Vater wird dir ein Drittel meines Erbteils geben.«

»Aber Herr Johnche trautstes ...«

»Ruf ihn! Er soll es mir versprechen.«

Die Wärterin musste gehorchen, und Herr Zarnosky kam, den Kamm in der Hand, herbeigestürzt. Er versprach alles, was John wollte, sich in der Bestürzung mechanisch weiterkämmend. Hustend und sich räuspernd, um seinen Schmerz und seine Rührung zu verbergen, starrte er dem Sohn wie gebannt ins Gesicht. »Möchtest du nicht was trinken?«, fragte er einmal über das andere.

John schüttelte mit einem fremden Lächeln den Kopf.

»Champagner, wie?«

»Ich kann nicht mehr.«

»Na, es wird schon alles wieder besser werden«, sagte Herr Zarnosky mit rauer Stimme, und in diesem Augenblick hätte er alle seine andern Kinder hingegeben, wenn er John dafür zurückbekommen hätte, wie er vor zehn Jahren war. Sein Gewissen regte sich zum ersten Male laut und heftig diesem Ende gegenüber, er fühlte sich nicht mehr frei von aller Schuld beim Anblick seines sterbenden Sohnes. Und obgleich er sich sagte, dass vielleicht auch ein Stärkerer als er John gegenüber versagt hätte, so schien ihm nun doch nicht genug, was er um ihn getan hatte. »Nicht genug, nicht genug ...« Das erhob sich wie ein Klingen in seinen Ohren, das nicht mehr enden wollte. »Hab ich dich nicht immer gewarnt?«, stieß er wie zu seiner Verteidigung unsicher hervor.

»Besser werden«, murmelte John, die Augen schließend.

Herr Zarnosky streckte die Hand aus und fuhr ihm mit ungeschickter, verzweifelter Zärtlichkeit über das Gesicht, dann drehte er sich wortlos um und ging, die Zähne zusammenbeißend, hinaus.

Abends gegen zehn verlangte John mit klaren Augen Champagner, und Dore beeilte sich, ihm das Gewünschte zu holen. Während des Trinkens riss er sich immer wieder am Halse, weil ihm das Schlucken sonderbar schwerfiel. »Will nicht mehr rutschen«, sagte er mit einer traurigen Grimasse. Dann legte er sich zurück, faltete die Hände und ließ wie in alten Tagen die Daumen umeinander laufen. Frau Kalnis holte ihr Strickzeug und setzte sich zu ihm ans Bett.

»Dore«, sagte er plötzlich, »war das alles: Geboren werden, saufen und nun sterben?«

»Wie meinen Se, Herr Johnche?«

»Ich meine, ob das alles war, was ich erleben sollte?«

»Na–e ...«, und mehr wusste sie nicht.

»Dann war mein ganzes Leben fünf Pfennige wert!«, stieß John zwischen den Zähnen hervor.

»Aber vielleicht kommt doch noch etwas«, murmelte er dann. »Etwas muss doch noch kommen, es war doch noch so gar nichts, so gar nichts – Vielleicht ist der Tod eine angenehme Überraschung«, setzte er mit Humor hinzu. Darauf sah er starr vor sich hin und sagte:

»Vielleicht ist der Tod das einzige große Erlebnis im Leben der meisten Menschen.«

»Denken Sie auch an Gott?«, fragte Frau Kalnis.

John hatte die Augen geschlossen und schwieg.

»Hörst du? Ach, hörst du?«, murmelte er nach einer Weile.

»Ich her nichts«, entgegnete die Wärterin.

»Musik!«, flüsterte er. »So traurig und so schön! Wie von vielen Wassern – Wie von großen Wäldern – Wie von Stürmen – So schwer und so tief und so traurig schön!« Nach diesen Worten öffnete er rasch die Augen und sagte wie in einer plötzlichen Erleuchtung: »Weißt du, wozu ich gepasst hätte, Dore?«

»Na?«

»Ich hätte Musik machen können.«

»Jewiss«, bestätigte die Wärterin, »was konnten Se doch bloß scheen d'n Flohwalzer spielen.«

John kicherte nervös vor sich hin; ein Kichern das wie ein Schluchzen klang. »Du hast es getroffen«, flüsterte er, »auf d'n Flohwalzer kommt es an.« Dann seufzte er tief und schloss die Augen.

Die Wärterin ließ ihr Strickzeug in den Schoß sinken und sah ihn an. Und es kam ihr vor, als verändere sich sein Gesicht, während sie ihn unverwandt anblickte. Sie saß wohl eine halbe Stunde so, das Strickzeug im Schoß. »Er jefällt mir gar nich«, murmelte sie, als Frau Zarnosky ans Krankenbett kam.

»Er schläft doch so schön«, sagte die Mutter.

Und die beiden Frauen standen und blickten stumm auf den Schläfer. Sie glaubten eine Ewigkeit so zu stehen, wie von unsichtbaren Mächten festgehalten. Draußen plätscherte der Regen, draußen war das Leben. Und im Zimmer war der Tod, das fühlten sie nun alle beide. John lag ganz still. Doch plötzlich wurde er unruhig; und während ein krampfhaftes Zucken durch seinen ganzen Körper lief und sein Gesicht sich verzerrte, schlug er die Augen auf und suchte mit großen, angstvollen Blicken die Mutter; er schien etwas sagen, etwas rufen zu wollen. Frau Zarnosky beugte sich tief zu ihm herab; aber er sagte nichts, konnte nichts mehr sagen. Sein Kopf sank ein wenig zur Seite, die Lider schlossen sich zur Hälfte über den glasig

werdenden Augen – ein Röcheln, ein Ausstrecken, der Gesichtsaus-
druck wurde friedlicher – starr: John war tot.